프로젝트 펜타킬 어게인

프로젝트 펜타킬 어게인

PROJECT PENTAKILL AGAIN

PENTAKILL

이승용 지음

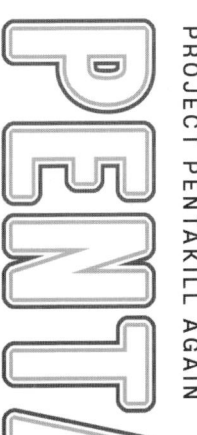

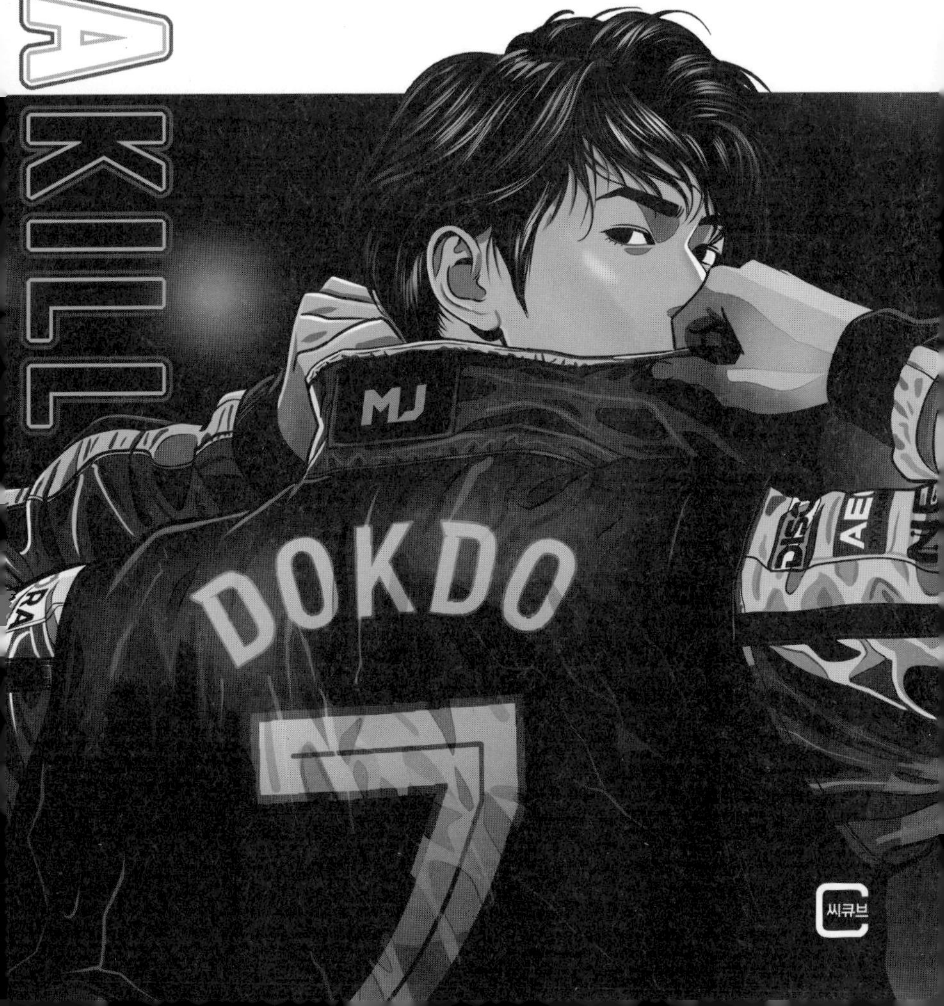

씨큐브

추천사

전용준 캐스터
(이스포츠 전문 캐스터)

25년 넘게 이 일을 해오면서 저에게 있어 이스포츠는 뇌피셜을 피해야 하는 '다큐멘터리' 그 자체였습니다. 승패의 기록을 넘어선 '창작의 영역'으로 여긴 적은 단 한 번도 없었죠. 하지만 이 소설을 읽는 순간 가슴이 뜨겁게 울렸습니다.

이 소설은 이스포츠가 창작의 장르가 될 수 있음을 깨닫게 해주었습니다. 단, 작가가 우리 업계의 '고인물'일 때만 가능한 이야기입니다.

한때 영광의 정점에 섰던 이가 모든 것을 잃고 다시 일어서려는 처절한 재기 서사가 펼쳐집니다. 그 치열하고도 짠한 과정 속에서 이스포츠의 지난 역사와 그 안을 지켜온 사람들의 인고가 진하게 배어 나옵니다. 수많은 플래시 세례 뒤편에 숨겨진 그들의 고독과, 다시 한 번 무대 위에 서기 위해 모든 것을 걸었던 열정. 이 모든 것이 모여 지금의 한국 이스포츠를 만들어 온 것이죠.

소설을 읽는 내내 저는 마치 해설석에 앉아 극적인 5세트 경기를 중계하는 듯한 전율을 느꼈습니다.

'프로젝트 펜타킬 어게인'의 승리를 향한 뜨거운 심장 소리를 놓치지 마십시오. 이것이 바로 당신의 심장을 뛰게 만들 소설입니다.

언젠가 내가 오디오북 작업에 참여하게 된다면, 이 작품이 내 첫 낭독작이 될 것입니다.

이지훈
(젠지 이스포츠 단장, 전 프로게이머/감독)

선수부터 시작해서 코치·감독·단장까지, 이스포츠와 20년의 세월을 보냈습니다. 저한테 이스포츠는 단순한 승부가 아니라 '책임' 그 자체였죠. 이 소설은 화려한 무대 뒤편에서 벌어진, 진짜 사람들의 솔직한 이야기입니다.

기회를 놓치고도 '이게 내 마지막 기회다!' 하며 다시 붙잡으려 몸부림친 사람들의 피와 땀·눈물이 고스란히 담겨 있습니다. 정점에 섰다가 모든 걸 잃은 주인공이 일어서는 과정은 뻔한 성공담이 아닙니다. 이 소설은 '누구나 다시 시작할 수 있다'는 이스포츠의 매력을 증명합니다. 그 기회를 위해 끝까지 포기하지 않는 사람의 집념이 모여 역사가 되는 과정을 보여주죠.

소설을 읽으며, 팀 리더로서 제가 짊어졌던 무게가 다시 떠올랐습니다. 선수들 재능 관리부터 프런트 운영까지, 아무것도 없는 바닥에서 모든 것을 설계하고 실행해야 하는 단장의 비전이 얼마나 중요하고 어려운 숙제인지를 정말 잘 보여줍니다.

진짜 리더십은 과거 영광에 머무는 게 아닙니다. 바로 지금 이 순간에도 절실하게 도전하는 숨은 보석들을 발견하고, 그들에게 기회를 줘서 조직을 미래로 이끌어가는 것임을 이 소설이 제대로 증명합니다.

프로의 세계에서 '다음 시즌'을 위해 다시 한번 뛰어오르고 싶은 모든 리더와 도전자들에게, 이 소설이 당신의 가슴속 불씨를 다시 한번 확실하게 지펴줄 겁니다. 제가 확신합니다.

추천사

김정민
(이스포츠 전문 해설자, 전 프로게이머, 유튜브 '김정민 해변킴' 운영자)

이스포츠 1세대 프로게이머로 시작해 오랫동안 업계를 지켜봤습니다. 이스포츠의 초기 상황을 생각하면, 프로게이머들의 위상이 높아진 것을 새삼 느낍니다. 이 소설 '프로젝트 펜타킬 어게인'은 그 역사의 본질을 꿰뚫고 있습니다.

저는 해설할 때 늘 선수들의 전략과 멘탈, 그리고 승패의 미묘한 흐름을 분석합니다. 이 책은 한때 최고였던 친구가 나락에서 다시 일어서려는 처절한 이야기, 즉 '조명 뒤의 진짜 승부'를 리얼하게 보여줍니다. 거창한 시스템이나 복수극이 아닙니다. 실패를 딛고 '승리라는 플랜 A'를 쟁취하기 위해 자신을 극한으로 몰아붙이는 지독한 노력의 기록이죠.

저처럼 업계를 오래 지킨 사람이라면 알 수 있습니다. 이 소설은 한 명의 프로가 바닥에서부터 감당해야 했던 고독과 간절함, 그리고 팀을 위해 모든 것을 책임지고 만들어야 했던 단장의 묵직한 몫이 얼마나 처절했는지를요. 선수들의 재능과 승리에 대한 갈망이 섞여 만들어지는 날 것 그대로의 팀워크가 생생하게 다가옵니다. 특히 리빌딩 과정의 갈등과 희망은, '승부의 현장'을 겪어본 사람으로서 깊이 공감되는 부분입니다.

프로는 화려한 조명 뒤에서 다음 승리를 위해 묵묵히 나아가는 사람들입니다. 이 소설은 이스포츠 종사자들의 열정과 고집이 모여 만들어진 뜨거운 역사를 독자들에게 전달합니다. 업계 전문가가 썼다는 것이 확연히 느껴지는 이 책은, 이스포츠의 현실을 꿰뚫는 가상의 현장 분석서입니다.

채정원

(넥슨 미디어커넥티드 본부장, 전 DN프릭스 대표, 전 SOOP 부문장)

이스포츠는 끊임없이 변하고 성장했습니다. 프로게이머, 해설, 리그 운영, 팀 단장까지, 이 바닥에서 가장 다양한 직업을 경험한 저에게, 이 소설은 그 변화의 이면(裏面)을 들여다본 듯한 충격을 주었습니다.

현재 이스포츠의 화려하고 멋진 장면만 보고 열광하지만, 그 이면에는 게임사, 리그, 선수, 스폰서, 팬덤, 플랫폼 등 여러 사람들의 복잡한 이해관계와 비즈니스, 그리고 인간관계가 얽혀있죠. 이 소설은 저처럼 실제로 발로 뛰면서 모든 이해관계자의 입장을 잘 이해한 저자가 쓴 이야기입니다.

이스포츠라는 무대가 완성되기 위해서 얼마나 많은 이들이 뒤에서 고군분투하며 다양한 일들을 만들어내고 있는지 생생하게 묘사하고 있습니다. 하나의 커다란 서사가 완성되기 위해, 수많은 다른 작고 처절한 서사들을 주목하며, 저는 마치 리그 운영자로서 현장 백스테이지를 들여다보는 듯한 생생한 느낌을 받았습니다.

모든 스포츠가 그렇듯 서사가 있어야 완성된 팀이 되고, 그 서사를 완성하기 위해 자신들만의 스토리를 만들어가는 각 개인의 절실함이 중요합니다. 그리고 그 개인들이 모여 하나의 케미로 팀으로 합쳐진 후, 미래를 향해 나아가는 비전까지 담겨 있죠.

이 소설은 이스포츠를 사랑하는 모든 이들에게, 게임을 넘어 '산업의 본질'과 '비즈니스의 가치'를 이해하게 해주는 교과서가 될 것입니다.

목차

PROJECT PE|

화	제목	쪽
1화	히어로즈2077	13
2화	대리기사, 부활	22
3화	스톰브레이커즈 제2막	30
4화	K-단장의 가시밭길	38
5화	랜선결의, 펜타킬러즈	47
6화	대국민 프로젝트	56
7화	'무적(無籍)' '무적(無敵)'	70
8화	달콤 쌉싸름한	81
9화	현실자각 타임	94
10화	홈 스위트 홈	105
11화	안산시 캘리동	118
12화	소원을 말해봐	126

TAKILL AGAIN

13화	뉴 미드, 뉴 비즈	139
14화	판도라의 상자	147
15화	팔아야, 그리고 이겨야 산다	159
16화	우승 받고, 더블로 지스타	171
17화	뇌지컬 100	179
18화	그땐 몰랐지	186
19화	울르로트사랑해	195
20화	눈물 젖은 배달통	215
21화	네가 필요해	224
22화	무적(無敵) 2.0	234
23화	준비된 자에게만 펜타를	248
에필로그	작가의 말_우리 모두의 한타	255

등장인물 소개

하이건 Dokdo / 울르로트사랑해
한때 화려한 무대 위에서 이름을 떨친 이스포츠 선수 출신. 지금은 팀 '무적(無敵)'의 단장으로서, 실패와 책임 사이에서 다시 길을 찾으려는 인물.

한겨울 Yuki
팀의 매니저이자 조정자. 선수와 단장, 그리고 운영진 사이를 유연하게 오가며 팀의 균형을 잡는다. 부드러운 성격이지만 위기 순간에는 누구보다 현실적이다.

민지나 Gina
마케팅 리드이자 팬덤 운영 전문가. 감각적인 언어와 추진력으로 무적의 이미지를 만든다.

백연후 레인디어(ReignDeer)
냉철하고 분석적인 무적의 감독. 전장에서도 흔들리지 않는 평정심과 철저한 데이터 분석으로 팀의 전략을 설계한다. 말보다 행동으로 신뢰를 얻는 인물.

김새일
스폰서십 세일즈 매니저. 과거 프로게이머 출신으로 PC방 대상 모니터 영업으로 일하다 이건의 제안을 받고 무적 팀에 합류함.

이황태
전 스톰브레이커즈의 단장이며 현 디올 PC방 사장이자 무적의 멘토. 오랜 현장 경험을 바탕으로 하이건에게 현실적인 조언을 아끼지 않는다. 때로는 냉정하지만 진심 어린 어른의 시선을 지닌 인물.

류태헌 Erai
스톤헨지 감독이자 하이건의 과거 동료. 전략과 심리 모두에 능한 현실주의자. 하이건에 대한 피해의식을 가지고 있다.

홍승헌 Gaon
사건의 발단이 되는 풍천 라그나로스 2군 챌린저스팀의 미드라이너

애슐리 킴
수많은 인터뷰와 특종으로 이스포츠 업계의 '여론 그 자체'라고 불리는 베테랑 기자.

레몬과즙
인기 스트리머 출신 인플루언서. 하이건이 과거 대리게임을 같이 했던 인물.

무적 로스터
탑: 'JeiPark' 박제성   정글: '100dishes' 백찬기
미드: 'SOWON' 성소원   서포트: 'Lite' 전조명
원거리 딜러: 'Victoriano' 이필승

1화

히어로즈2077

"들으시면 웃을지도 모르겠네요. 예전에 자주 가던 PC방 옆 와이파이 비밀번호였어요. 히어로즈를 처음 시작할 때 아이디가 필요했거든요. 거기 적혀 있던 문구가 'D0kd00urhome!'이었어요."

하이건이 웃으며 대답하자, 애슐리 킴도 따라 웃었다. 그녀는 여유로운 손놀림으로 메모를 이어갔다. 이스포츠 업계에서 10년을 버텨낸 그녀는, 수많은 인터뷰와 특종으로 '여론 그 자체'라 불리는 베테랑이었다.

메모를 마친 그녀는 짧게 숨을 내쉰 뒤 고개를 들었다. 방금 전까지 머금고 있던 미소는 사라지고, 진지한 표정만이 얼굴에 남아 있었다.

"이번엔 조금 진중한 이야기를 해볼까요. 단장님, 지금 이 자리에 서기까지 참 많은 일이 있으셨죠. 지난 시간을 돌아볼 때, 지금의 자신을 어떻게 바라보고 계신가요?"

질문이 귓가에 박히는 순간, 이건의 시야가 흐릿해졌다. 눈앞의 기자는 사라지고, 대신 수많은 조명과 함성이 귓가를 때렸다. 그는 무대 위에서 트로피를 들어 올리며 환호를 받았던 순간으로 되돌아갔다.

하지만 그 찰나의 환희는 곧 어둠에 삼켜졌다. 다시 눈을 감자, 텅 빈 밤의 PC방 한구석이 떠올랐다. '울르로트사랑해'라는 닉네임 아래, 그는 모니터를 향해 몸을 웅크리고 있었다. 손목에는 담배 냄새가, 등에선 식은땀이 흘렀다.

영광과 침묵의 시간, 그 모든 장면이 섬광처럼 교차했다. 이건은 눈을 떴다.

메마른 혀가 입천장에 달라붙는 듯했다. 그는 떨리는 손을 애써 다잡으며, 아이스 커피를 조심스레 한 모금 삼켰다. 차가운 얼음이 목을 넘어가는 순간, 비로소 정신이 돌아왔다.

애슐리 킴 기자는 이건의 눈을 조용히 바라보며, 생각이 정리되기를 기다렸다. 그는 눈을 내리깔며 잠시 숨을 고른 후, 입을 뗐다.

"솔직히 말하면… 그땐 '생존'만 생각했어요."

"생존이요?"

"네, 지금 돌아보면… 제가 했던 선택들이 스스로 내 삶을 이끌어 간 것이었는지 잘 모르겠어요. 그냥 게임이 너무 좋았고, 열심히 플레이하다 보니 선수가 되었죠. 좋은 팀 만나 우승도 했구요. 그러다 리그가 없어졌고, 저는 할 수 있는 게 없었어요. 그래서 도망쳤고, 살아남기 위해서… 라는 핑계로 하지 말아야 할 짓을 했어요. 어리석고 비겁한 행동이었습니다. 그 부분에 대해서는 어떤 변명도 할 수 없습니다. 제 잘못입니다."

이건은 잠시 숨을 고른 후 말을 이어갔다.

"하지만… 저같이 게임을 사랑했지만, 그 꿈을 이뤄보지 못하고 고민하고 있는 다른 친구들에게 오늘 이 자리를 빌려 말하고 싶어요."

"뭐라고 말해주고 싶나요?"

"프로게이머를 꿈꾸는 많은 친구들이 매일 승리와 패배를 겪고 있을 겁니다. 수많은 좌절을 맛보고, 또 실수를 반복하겠죠. 저도 그랬으니까요. 아니, 여전히 별반 다를 게 없이 지내고 있네요. 저도 여러분과 똑같은 사람입니다."

이건은 잠시 말을 고르고, 애슐리 기자를 바라보다가 시선을 멀리 두며 이어갔다.

"여러분, 포기하지 마세요. 우리 모두에게는 반드시 두 번째 기회가 찾아옵니다. 마치 게임에서 다음 킬각이 보이는 것처럼요. 그 순간이 올 때까지 포기하지 않고 하루하루 진심을 다해 노력한다면, 기적은 반드시 일어납니다. 순수하게 게임을 좋아했던 그 처음의 마음을 잃지 마세요."

이건의 말이 끝나고 한동안 가만히 허공을 응시했다. 애슐리 킴은 그 여운을 지켜보다가 조심스레 물었다.

"그렇군요. 그럼 이 모든 여정의 시작, 어디서부터 얘기해 보면 좋을까요?"

이건은 자신의 옷깃을 한번 여민 후 자신을 고쳐 앉은 채 준비됐다는 표정으로 대답했다.

"정확히 1년 전으로 돌아가야겠죠?"

* * *

띠리리링.

그의 핸드폰은 오전 9시를 알렸다.

'이건아, 수고했다. 오늘 빵구 메꿔줘서 고맙다. 이놈의 알바들 내가 정말 모시고 산다, 모시고 살아…'
'아니에요. 사장님, 잊지 말고 계좌로 알바비 바로 좀 넣어주세요! 저 내일이 월셋날이거든요.'

"어, 그거 싸이언 초콜릿 폰 아니에요? 나 그거 20대 때 썼는데. 신기하네, 요즘 청년들이 그런 거 쓰는 거 보니."

편의점에 들어온 아주머니 한 분이 그의 휴대폰을 보고 농담을 던지고는, 계산을 마치고 나갔다. 하이건은 옷을 갈아입으며 교대 준비를 마쳤고, 바지 주머니에서 꺼낸 작은 노트를 펼쳐 저녁 스케줄을 확인했다.

5시 언감고 - '영원히 고통받는 브실골' 팀
피드백 2시간 5만 원
10시 ROL 버디버디, 판 당 1만 5천 원

편의점을 나서며 패딩 지퍼를 목 끝까지 끌어올린 이건은 에너지 드링크를 크게 한 입 마셨다. 입김이 얼어붙을 듯한 1월의 찬바람이 얼굴을 때리자, 그는 모자 위로 후디를 꾹 눌러썼다. 한 손에 음료를 든 채, 다른 손은 주머니에 깊숙이 찔러 넣고 발걸음을 재촉했다.

10분쯤 걸어 집에 도착한 이건은, 편의점에서 가져온 라면과 삼각김밥을 주머니에서 꺼냈다.

그의 어둡고 음침한 자취방. 그 초라한 공간의 한가운데에는, 집 크기에 어울리지 않게 거대하고 화려한 게임용 컴퓨터가 번쩍이고 있었다. 낡은 사원 한가운데 덩그러니 남겨진 신성한 제단처럼, 그가 과거에 누렸던 영광의 유일한 흔적이었다. 그 외의 것이라곤 매트리스 하나, 낡은 냉장고 하나가 전부. 칠이 벗겨진 벽, 발 디딜 틈 없이 어질러진 바닥, 그리고 색이 바래 찢겨나간 게임 포스터는 그가 품었던 찬란한 꿈이 어떻게 닳아버렸는지를 증명하고 있었다. 그러나 유일하게, PC 앞에 놓인 LED 라이트가 번쩍이는 헤드셋만큼은 과거의 찬란한 기억처럼 홀로 빛나고 있었다. 라면이 다 익자, 이건은 부엌의 서랍을 열고 수저를 챙겼다. 아무렇게나 꺼낸 짝짝이 쇠젓가락 중 하나에는 'HGL'이라는 로고와 회오리 모양의 입체 로고가 크게 박혀있었다.

* * *

'The MVP of the HGL World Championship goes to… Dokdo!' (HGL 월드챔피언십 우승 MVP는 바로 Dokdo 선수입니다!)

몇 년 전 그날, 외국인 MC의 샤우팅이 그의 이름을 목청껏 터뜨리던 순간, 이건은 두 손으로 MVP 트로피를 들어 올렸다. 콘페티가 하늘에서 쏟아지며 화려한 조명이 그를 감쌌고, 귓가를 때리는 함성은 꿈처럼 아득했다. 차가운 금속 트로피의 감촉이 손바닥에 닿는 순간, 현실의 무게가 고스란히 온몸을 덮쳐왔다. 이 모든 환호가 한순간에 사라질 수 있다는 섬뜩한 예감… 그는 이미 그 순간에 빛의 그림자를 보고 있었다.

'Dokdo'라는 그의 닉네임은 단순한 이름이 아니었다. 전장을 지배하는 무적의 상징이자, 강렬한 선전포고 그 자체였다.

그는 PC게임 '히어로즈2077'의 슈퍼스타였다. 최장수 인기 PC 게임인 '라운드오브레거시'의 강력한 도전자로 등장한 이 신작에서, 이건은 두 차례 월드 챔피언십 우승과 MVP 수상을 거머쥐며 세계 무대를 뒤흔들었다.

이건, 닉네임 'Dokdo'. 국내 리그를 넘어 글로벌 팀 '스톰브레이커즈'의 캡틴으로 활약하며, 이 이름은 전 세계 팬들의 뇌리에 강하게 각인되었다.

특히 이건은 어딜 가도 스타였다. 대회가 열리는 날이면 수백 명의 관중이 그의 플레이를 보기 위해 모여들었고, 그의 플레이 하나하나에 경기장이 떠나갈 듯한 환호성이 터져 나왔다. 잘 나갈 때는 에너지 드링크 '핫파이브'의 단독 모델로 광고에 출연하였으며, 그의 얼굴은 게임을 넘어 대중문화의 아이콘처럼 거리 곳곳에 걸렸다.

그러나 그의 화려했던 시절은 곧 닥칠 몰락의 폭풍 전야와 같았다. 2018년 겨울 어느 날, '히어로즈2077'의 공식 커뮤니티에 개발팀의 블로그 공지가 올라왔다.

히어로즈2077 소식

2018년 12월 13일

> 오늘은 무거운 마음으로 이 소식을 전합니다. 우리는 지난 몇 년간의 개발 과정을 면밀히 점검하고 어떤 것이 우리 히어로즈2077 유저들을 위한 최선의 결과인지를 고민하게 됐습니다. 히어로즈2077은 게임 런칭과 함께 이스포츠 무대를 만들었고, 또 그것을 통해 최고의 서비스를 제공하기 위해 노력했습니다. 하지만 아쉽게도 기대한 만큼의 결과물을 만들어내지 못했습니다.
>
> … (중략) …
>
> 이런 이유로 몇몇 히어로즈2077 개발 인원을 다른 팀으로 이동시키는 어려운 결정을 내리게 됐으며 히어로즈2077 이스포츠에 대한 계획도 다시 점검했습니다. 아쉽게도 Heroes Global League를 내년부터 이어가지 않기로 결정했으며, …

단 몇 문단짜리 공지였지만, 그 내용은 어떤 공포영화보다 무서웠다. 히어로즈2077의 글로벌 이스포츠 리그인 'Heroes Global League'는 그 공지가 게시된 당일, 즉시 그리고 완전히 폐지되었다. 이 결정은 단순한 리그 종료가 아닌, 게임 산업 전반, 특히 이스포츠 생태계에 심각한 충격을 안겼다.

그날, 히어로즈2077의 모든 선수들과 업계 관계자는 하루아침에 실직자가 되었다. 물론 이스포츠 리그가 생기고 사라지는 일은 이 업계에서 흔한 일이었다. 그러나 이번 결정은 히어로즈

2077을 중심으로 구축된 이스포츠 장르 전체를 산업 단위로 지우는 선언이었다. 그리고 그 선언은, 관련된 모든 이들의 직업과 경력을 한순간에 끝내버렸다. 이 길에 들어선 수많은 선수들의 꿈은 그렇게 산산조각이 났다.

이건이 속해 있던 스톰브레이커즈도 마찬가지였다. 팀은 "미안하다"는 말과 함께 팀 전원과의 계약 해지를 요청했고, 모든 선수는 그 결과를 받아들여야만 했다. 대부분 각자의 길을 떠났다. 다만 이건의 경우 남들에 비해 더 큰 후폭풍을 감당해야만 했다.

뒤늦게 라운드오브레거시팀으로 전향해, 스톰브레이커즈의 연습생 신분을 자처하며 몇 달간의 시간을 보냈다. 하지만 그조차도 쉽지 않았다. '히어로즈계의 쉐이커'라는 찬사는, 오히려 무거운 꼬리표가 되어 그의 뒤를 따라다녔다. 결국 연습생 생활을 관두고, 은둔을 택했다. 술과 담배로 시간을 때우던 몇 달 뒤에도 아무런 답이 떠오르지 않자, 그는 입대를 선택했다. 제대 무렵, 그는 새로운 슈팅 게임에 빠졌다. 그 게임으로 다시 한번 프로게이머에 도전해보려 했지만, 어느 팀도 그를 원하지 않았다.

그렇게, 시간은 흘러갔다.

2화

대리기사, 부활

"안녕하세요~ '울르로트사랑해'님 맞죠? 실물이 이렇게 생기셨구나. 귀엽다. 오늘 잘 부탁드려요!"

하이건은 PC방 구석의 2인석 룸에 앉아있던 여성 옆에 자리를 잡았다. 그는 대리게임[1]을 해주고 있었다. 게임 매칭 앱에서 여성 이용자들이 남성들과 매칭이 되면, 게임을 대신 플레이를 하고 여성은 자신의 목소리만 입힌다. 그렇게 판당 1만 5천 원을 받았다.

"오빠, 오늘 잘 부탁해요~ 저 이 영웅은 처음 하는 거라서 긴장돼요! 오빠가 잘 이끌어줘야 해요, 알겠죠?"

그녀는 상대방의 반응을 살피며 목소리에 애교를 섞었다.

"어어 혹시 탑으로 헬프 가능해요? 저 조여지고 있어요! 아, 아슬아슬하게 피했어요! 오빠, 진짜 타이밍 짱!"

---

1 대리게임: 타인의 계정을 대신 플레이하는 행위로 게임 규정상 불법.

"어머, 너무 긴장돼서 손이 덜덜 떨려요. 오빠가 도와줘서 겨우 이겼다. 우리 한판만 더해요, 네?"

마스크와 후디 모자를 깊이 눌러 쓴 이건은 게임이 끝나고 밖으로 나와 담배를 한 대 피웠다.

"오빠, 오늘 수고했어요. 와 진짜 잘한다. 티도 안 나고, 나랑 오늘같이 한 오빠들이 내일도 또 하재. 내일 밤 11시 시간 되죠? 내 메시지 잘 보고 있어요, 알았지?"

그는 5만 원짜리 지폐를 받아 꼬깃꼬깃 접어 주머니에 넣었다. 그러고 여자를 향해 고개를 끄덕이며 자리를 나섰다.

'내가 만약 4년 전으로 돌아간다면 과연 같은 선택을 했을까?'

히어로즈2077 리그의 폐지는 단순히 선수들의 실직으로 그치지 않았다. 팬들은 자신이 사랑했던 게임과 선수들이 사라지는 모습을 지켜보며 큰 실망감을 느꼈고, 이는 곧 이스포츠에 대한 관심 저하로 이어졌다.

이건 역시 예외는 아니었다. 한때는 쉐이커를 능가하거나 뛰어넘을지도 모른다는 찬사를 받던 그는, 한순간에 영웅에서 아무것도 아닌 존재로 전락했다. 팀 탈퇴 후 첫 며칠간은 개인 방송으로 욕설과 푸념을 늘어놓았지만, 채팅창은 점차 고요해졌고 화면 속 시청자 수는 거짓말처럼 줄어들었다. 그것은 단순한 숫자의 감소가 아니었다. 텅 빈 채팅창은 마치 그의 존재 가치가 증발한 듯, 싸늘한 공기만을 내뿜었다. 믿고 싶지 않았지만, 현실의 차가운 손이 그의 목을 조여오는 듯했다. 현실의 변화는 실질적인 공포였다.

그는 본가인 안산 근처로 거처를 옮겨, 작은 방 하나를 구해 혼자만의 은둔 생활을 이어갔다. 먹고 살기 위해 편의점 알바, 사설 게임 과외, 불법 대리게임 등으로 하루하루 연명하였다.

* * *

어느 날 편의점 새벽 알바를 마치고 집에 돌아온 하이건은 샤워 후 배달 음식이 도착하는 시간 동안 볼만한 유튜브를 뒤적였다.

'끝이 아닌 새로운 시작 - 히어로즈 우승자 출신의 제2 인생 도전, 스톤헨지 2군 류태헌 감독.'

류태헌 감독은, 지난 10년 간의 선수 생활에 마침표를 찍고 스톤헨지 챌린저스리그팀 감독으로 인생 제2막 도전 중이다. 그는 선수 시절, 히어로즈2077 이스포츠에서 스톰브레이커즈의 핵심 멤버로서 리그의 부흥을 이끌었다. 최정상의 자리에서 감독으로 다시 한번 도전하는 그의 이야기를 들어보았다.

화면에 커서를 올려놓고 미리보기로 옛 동료의 영상을 보던 이건은 잠시 후 스크롤을 내려 다른 뉴스로 시선을 돌렸다.

'RCK 5년 차 터줏대감 풍천 라그나로스, 팀 매각 공개선언!'

라운드오브레거시 이스포츠 전문 유튜버 '윙크스징크스' 채널에서 풍천 라그나로스의 매각 소식을 속보로 전달 중이었다. 5년 전 RCK 프랜차이즈에 처음 들어온 클럽팀 라그나로스가 팀 공개 매각을 선언했다는 내용이었다.

이건은 소리를 한 단계 키웠다. 영상에서는 3년간 팀의 네이밍 후원을 해 온 대기업인 '풍천'이 후원 연장을 철회했다고 소식을 전했다. 그 후 라그나로스는 후속 파트너를 찾지 못하며 경영난에 허덕였고, 결국 팀 공개 매각을 선언했다고 설명했다.

"RCK의 주관사인 라이언 게임즈는 이번 공개 매각 선언에 유감을 표현하면서도, 6개월 전부터 의사 표명을 한 라그나로스의 의견을 존중한다고 밝혔네요. 다양한 방법을 통해 공개 매각 및 후임팀을 찾을 수 있도록 돕고 있다고 말했다는데, 후우… 와 이제 ROL판 망가지나요? 내 청춘을 바친 RCK 어디 가면 안 돼!"

윙크스징크스는 영상 마지막에서 아쉬움을 토로했다. 이건은 뉴스를 보며, 영상의 모든 댓글을 천천히 읽어 내려갔다.

***

시끄럽게 뛰어노는 아이들의 웃음소리에 천천히 눈을 뜬 그는, 휴대폰을 들어 시간을 확인했다. 오후 1시 10분.

일어나자마자 컴퓨터 앞에 앉은 그는 디스코드를 열었다. 익숙한 라운드오브레거시 관련 서버에서 새로운 뉴스가 눈에 띄었다.

'라이언 게임즈, 라그나로스 공개 매각 첫 번째 스텝 발표, 라그나로스 챌린저스팀 연말 해체 동의.'

'올 시즌 후 라그나로스 챌린저스팀은 해체되며, 12월 K스파컵을 통해 우승팀에게 RCK 챌린저스리그 참여 자격 부여.'

그는 영상링크를 클릭했다.

RCK 주관사 라이언 게임즈는 라그나로스와의 면담을 통해 2부 리그 팀인 챌린저스팀의 우선 해체에 동의했고, 라그나로스는 올해까지 챌린저스팀 유지 후 해체, 그리고 내년 말까지 RCK 팀 후임팀을 물색하기로 했다. 라이언 게임즈는 새로운 선수들과 팀들에게 새로운 기회를 주고자 한다고 말하며, 그 과정의 일환으로 K스파컵을 통해 우승팀에게 챌린저스리그팀으로 들어올 기회를 부여하기로 했다.

하이건은 K스파컵에 대해 알아보는 데 몰두했다. RCK 프랜차이즈 중 한 팀이 탈퇴하는 충격적인 상황이 전제되어 있기에, 올해 K스파컵은 과거와는 다른 방식으로 치러진다는 것을 금세 알 수 있었다. 결국 새롭게 내년 RCK 챌린저스리그에 들어갈 팀은 K스파컵 우승을 차지한 팀에게 돌아간다는 얘기였다.

이건은 침대로 자신의 몸을 던져 눕고는 천장을 바라보았다. 지난여름 장마 때 생겼던 빗물 자국 얼룩이 천장에 그대로 남아 있었다. 마치 게임맵처럼 보이는 얼룩의 형상이 자신이 전성기 시절 누비던 전장 같았다. 이건은 이불을 걷어차고 일어나고는, 트로피 주변 박스를 뒤지더니 한 다이어리 뭉치를 꺼내 들었다.

그는 선수 시절부터 습관적으로 일기를 쓰듯 노트를 적는 습관을 가지고 있었다. 합숙 생활의 외로움 때문이었는지는 모르지만, 그냥 아무 생각 없이 적던 게 몇 권의 책으로 남았고, 이사를 갈 때도 그 노트만큼은 버리지 않았다.

「아마추어는 걱정하는 대로 되고, 프로는 상상하는 대로 된다. - 강호동」

그는 자신이 적어 둔 연예인 명언들을 보고 잠시 피식 웃었다. 그리고 또 몇 장을 넘기다가 멈추어 그 글을 한참 쳐다보았다.

「2018년 1월 5일 - 올해 목표: K스파컵 우승」

이건은 잠시 동안 당시의 모습을 떠올려봤다. 과거와 현재의 자신이 극명하게 대비되었다.

'어떻게 이렇게 변했지?'

그는 자신에게 물었다. 과거의 영광을 되새길 때마다 감정은 복잡해졌다. 그 시절 자신에 대한 부러움은 지금의 초라한 모습과 맞물려 오히려 깊은 실망으로 이어졌다.

'내게도 과연 한번 더 기회가 있을까.'

옆 페이지에 스크랩된 인터뷰를 바라보던 그의 마음속에서 작은 불씨가 피어오르기 시작했다.

'K스파컵 무대에 설 수 있다면, 한번 더 서고 싶어.'

그는 결심했다. 이제 그 결심은 단순한 꿈이 아닌 행동으로 이어져야만 했다. 그는 노트북을 열고, K스파컵 관련 정보를 검색하기 시작했다.

'어느 팀에 들어가야 하지? 이제 퇴물이 된 나를 과연 뽑아줄 팀이 있을까?'

대답은 뻔했다. 아무도 원하지 않을 거다. 잠시 생각을 정리하던 이건은 빈 페이지에 뭔가를 적기 시작했다.

'선수를 못 한다면 단장.'

남이 나를 불러주지 않는다면… 내 팀을 만들어야 한다. 머릿속에서 옛 팀원들의 얼굴이 떠올랐다. 과거 함께했던 단장, 감독, 매니저들, 그 외 자신이 지내왔던 모든 환경의 기억을 끌어냈다. 그리고는 자신의 계획을 적어 내려갔다.

'선수 모집, 감독 섭외, 프론트 구성, 자금 마련, 숙소 마련.'

하나씩 체크리스트를 작성하며 마음속에 다시 한번 불타오르는 열망을 느꼈다. 이건은 결심을 굳히며 노트를 덮었다.

그리고 겉면에 이렇게 적었다.

프로젝트 펜타킬[2] 어게인
'스톰브레이커즈 Ver. 2'

---

[2] 펜타킬: 5인 팀 게임에서 한 플레이어가 상대 팀 전원을 연속으로 잡아내는 것을 표현하는 단어.

3화

스톰브레이커즈 제 2막

"야 류태헌! 지금 몇 시야? 넌 프로 의식이 없어?"

스톰브레이커즈의 연습실에서 코치가 류태헌에게 불같이 화를 냈다. 태헌은 죄송하다는 말을 반복하며 자리에 앉았다.

"죄송합니다, 코치님. 이건이 깨워서 같이 오느라구요…"

"뭐?"

뒤에서 머리를 긁으며 능글맞게 웃는 하이건이 잠에 덜 깬 모습으로 들어왔다.

"코치님, 죄송합니다! 앞으로 정신 차리겠습니다!"

"음… 그래? 이건이는 어제 늦게까지 또 촬영하느라 조금 피곤했겠다. 다들 정신 똑바로 차려. 승리의식에 도취돼 있음 안돼. 내일 경기도 이기고 연승 기록 이어가야지!"

태헌은 뭔가 씁쓸함을 느끼며 입술을 꽉 깨물었다.

태헌이 프로팀 '스톰브레이커즈'에 입단한 지도 어느덧 1년. 부

주장으로서 그는 쏟아지는 연습 일정을 묵묵히 소화하며 팀을 이끌었다. 경기 후에도 가장 늦게까지 남아 리플레이를 돌려보며 분석에 몰두하는 그의 모습은 감독과 코치진에게도 높은 평가를 받았다. 무엇보다 팀 승리에 진심인 그는 상대 선수들의 SNS까지 파고들어 성향을 집요하게 파악하곤 했다.

"태헌아, 너 아니면 진짜 우리 팀 어떡하냐."

"형, 진짜 지독하다. 이렇게까지 해야 돼? 하긴 형이 우리 편이라 정말 다행이긴 해."

그는 팀의 언성 히어로(Unsung Hero)였다.

그럼에도 스포트라이트는 늘 이건의 몫이었다. 태헌이 흘린 땀방울은 가려진 채, 팬들은 오직 'Dokdo' 이건의 화려한 플레이에만 열광했다. '하이건과 아이들'이라는 팬들의 비아냥은 마치 태헌 자신이 들러리에 불과하다는 낙인처럼 들렸다. 연습이 취소되거나 팬미팅에서 그의 앞에만 줄이 길게 늘어서도, 코치와 동료들은 아무런 불평조차 하지 않았다. 늘 무대 뒤편에 서야 했던 그는, 트로피를 들어 올리는 이건의 뒷모습을 바라보며 속으로 이를 악물었다. 왜 저 행운은 늘 이건에게만 따르는가?

태헌은 어린 시절부터 남들과 어울리지 못하는 소극적인 아이였지만, 게임 속에서는 완전히 다른 모습으로 변했다. 어릴 적 처음 접한 "월드 오브 워크래프트"(World of Warcraft, WoW)에서 그는 180도 다른 자신의 모습에 매료됐다. WoW 세상에서 태헌은 처음으로 'Erai'라는 ID를 쓰게 됐다. 어린 시절 아버지가 늘 입에 달고 살던 말.

'에라이, 이 빌어먹을 세상.'

너무나 익숙했던 그 말. 그는 ID를 골라야 할 때, 그 단어가 가장 먼저 떠올랐다. 그는 WoW에서 공격수(딜러)를 전담하는 사냥꾼으로, 던전 공략을 이끄는 공대장의 역할을 맡을 정도로 뛰어난 리더십을 발휘했다. 그는 아직 고등학생이었지만, 게임 세계에서는 "대장군"이라 불릴 만큼 인정받았다. 공대장으로서 레이드를 지휘하고 메인 딜러로 활약했던 그의 이름은, 커뮤니티에서도 자주 언급되었다.

태헌은 점점 더 게임에 빠져들던 중 우연히 '히어로즈2077'을 시작했다. 그곳에서도 그는 WoW에서처럼 팀의 전략을 세우고 상대 플레이스타일을 파악하는 데 깊은 관심을 보였다. 히어로즈2077은 팀 전체가 레벨업을 공유하는 것이 특징이라, 팀 합이 무엇보다 중요한 게임이었다. 지는 것을 용납하지 못했던 태헌은 그 승부욕으로 인해 팀원들과 자주 부딪히곤 했다.

점차 그는 게임을 즐기는 시간보다 승리에 매달리는 순간이 많아졌다. 1위를 차지했을 때 상대를 압도하며 짓밟았을 때 느끼는 쾌감에 만족감을 느꼈다.

스톰브레이커즈의 성공은 큰 성취감을 안겨주었지만, 동시에 하나의 문제를 드러냈다. 언제나 그 앞에는 이건이라는 천재가 버티고 있었던 것이다.

늘 이인자 자리에 머무른 태헌은, 이건이 경기마다 상대를 압도하고 Player of The Game[3]을 휩쓰는 모습을 지켜봐야 했다. 열 번의 승리 중 아홉 번은 이건이 주인공이었고, 그는 그저 마이클 조던 옆의 스카티 피펜처럼 보일 뿐이었다. 그 순간부터 태헌의 마음속에서는 질투의 씨앗이 맹렬하게 자라났다.

'나는 죽을힘을 다해 기어올랐는데, 넌 모든 걸 너무 쉽게 얻는구나.'

그는 아버지와 단둘이 살아왔지만, 정작 그는 태헌에게 큰 관심을 두지 않았다. 스스로 모든 걸 쟁취해야만 했던 그에게, '인정'은 늘 목마른 갈증이었다. 그의 승리에 대한 집착은 단순히 이기고 싶다는 욕망을 넘어, 과거의 자신처럼 초라하게 버려지지 않기 위한 처절한 발버둥이었다. 그 발버둥은 게임 속에서 성과로 이어졌고, '대장군'이라 커뮤니티에서 불릴 때 그는 비로소 존재감을 실감했다. 그러나 그 앞에는 언제나 이건이라는 거대한 그림자가 서 있었다.

히어로즈2077의 이스포츠가 폐지되던 날, 태헌은 큰 충격을 받으면서도 가장 먼저 이건을 떠올렸다. 자신도 절체절명의 위기였지만, 그보다 더 큰 낙하를 겪을 이는 이건일 거라 생각했다.

---

3 Player of The Game: 해당 경기 내의 최고 수훈선수. 주관사나 언론사에서 선정.

태헌은 휴대폰을 들어 검색창에 이건의 닉네임을 쳤다. 'Dok-do, 나락, 잠적, 대리정황'. 그 단어들이 그의 눈에 박혔다. 꼴 좋다. 류태헌은 입꼬리가 비틀어지는 것을 느꼈다. 과거 자신에게 쏟아졌던 모멸감과 비웃음이 한순간에 씻겨 내려가는 듯한 쾌감. '결국 너도 별수 없구나.' 그의 마음속 깊이 자리 잡았던 열등감이 고개를 들었다. 바닷속에 가라앉은 난파선에서 작은 구명보트에 빠르게 탄 태헌의 삶은 왠지 승리의 항구로 돌아갈 것 같은 느낌이었다.

* * *

"성적은 단장 책임, 관중은 감독 책임."

하이건은 야구 드라마 '스토브리그'를 다시 보고 있었다.

"그걸 믿는 편입니다. 단장은 스토브리그 기간 동안 팀이 강해지도록 세팅을 해야 되고, 감독은 관중들의 가슴속에 불을 지펴야죠…"

"와아… 백승수. 바로 이거지. 저 대사는 진짜, 내가 언젠가 꼭 한번 써먹는다."

그는 자신도 모르게 감탄을 내뱉었다. 드라마 속 백승수 단장의 단호하면서도 확신에 찬 모습은 언제나 그의 가슴을 뛰게 했다.

편의점 앞 파라솔 테이블. 이건은 「스톰브레이커즈 Ver. 2」라

적힌 노트를 펼쳐놓고 고민에 빠져 있었다. 그가 보고 있는 페이지의 제일 위에는 이렇게 적혀 있었다.

2월 4일. '팀명 정하기.'

그 밑에는 큼직하게 "팀명 후보"라는 글자가 눈에 띄었고, 이어서 그의 창의력을 짜내 완성한 수십 개의 이름이 빼곡히 자리하고 있었다.

'넥서스 헌터즈? 아니야, 너무 유치해. High Gun Boyz? 이건 더 유치한가.'

머리를 긁적이며 노트를 덮은 그는 한숨을 내쉬었다. 그때, 익숙한 목소리가 들려왔다.

"형, 여기서 뭐 해?"

고개를 들자 한겨울이 서 있었다. 스타벅스 커피잔을 든 채 정장을 입은 그는 웃으며 다가왔다. 예전 팀 동료이자 연하인 동생, 닉네임 'Yuki'였다.

그는 해외유학파 출신이었다. 나름 부유한 집안에서 태어나 어린 시절 미국으로 유학에서 보딩스쿨(기숙형 사립학교)까지 다닌 인재였지만, 게임을 좋아해서 결국 대학을 중도에 그만두고 프로게이머가 되었다. 여러 해외팀에서 활동하던 그는, 어느 순간 한국에서 뛰고 싶다는 마음이 커져 귀국했고 재야에서 활동하다가 단장의 눈에 띄어 스톰브레이커즈에 합류했다.

영광의 시절을 함께했지만, 리그 폐지 후 방황한 것은 그도 마찬가지였다. 미국으로 돌아가 간신히 대학을 마쳤지만, 오랫동안 프로게이머로 살아온 그에게 게임 밖 세상은 적응하기 버거운 무대였다. 결국 미국에서의 사회적응에 실패한 그는 다시 한국으로 돌아와 대치동 학원에서 영어 강사로 살아가고 있었다.

"팀 이름 짓는 것 좀 도와줘."

이건이 웃으며 말했다.

"팀명은 나중 문제고… 형. 일단 이게 현실적인지부터 생각해 봐야 해. 근데 갑자기 무슨 바람이 들어서 이러는 거야?"

"그게 말이야. 나도 이게 미친 짓인 거 알거든. 근데…"

이건은 겨울에게 자신이 왜 이런 선택을 했는지 차근차근 설명하기 시작했다.

"오히려 이 일이 잘됐다고 생각해. 나 이렇게 인생 마감하기 싫거든. 이게 내 마지막 기회일 수도 있어. 겨울아, 나 진짜 진심으로 해보려는 거야. 너도 알잖아. 우리 같이했을 때 말이야. 처음부터 배부르진 않았잖아. 인천 부평 좁은 월세방에서 다닥다닥 붙어서 여름에 땀 흘리며 스크림[4]했던 그게 결국 빛을 발했잖아. 왜 또 못하겠어?"

"그건 옛날얘기지. 누가 요즘에 그렇게 팀 생활을 해. 요즘 프로팀들 몰라? 그런 옛날 짠내나는 방식 이제 안 먹혀. 다 기술이

---

4   스크림(scrim): 이스포츠에서 연습 경기를 의미. 미식축구 등 전통 스포츠에서 사용되던 스크리미지(scrimmage)의 줄임말.

고 데이터 분석해야 이겨."

겨울은 그 말을 하고도 잠시 생각에 잠기더니 말했다.

"근데 진짜 뭔가 땡기긴 하네. 좋아, 그럼 나도 일단 알아는 볼게. 다만 정식으로 뛰어드는 건 좀 무리야. 이번 학기 강의가 좀 많아야지. 우선은 시간 날 때만 파트타임으로 도와줄게. 자료조사나 이런 건 내가 입시자료 정리하면서 도가 터 가지고. 그리고 나 챗GPT도 기가 막히게 쓰거든."

"진짜?"

"너무 기대는 말고. 내가 일단 리그 조사를 좀 해볼게. 그거 공지랑 대회 홈페이지 가서 룰북 좀 자세히 봐야겠어. 계란으로 바위를 칠래도 어떤 돌인지는 알아야 쳐보지. 내가 디스코드로 연락할 테니까 늘 알림 켜놔, 알겠지?"

4화

K-단장의 가시밭길

그날 밤 11시.

 Yuki 오늘 오후 11:00
형, 이거 봐봐

 그는 하이건에게 한 링크를 보냈다. 링크를 클릭하자 대회 홈페이지로 보이는 웹사이트가 화면에 떴다.
 Yuki가 디스코드에 올린 링크를 클릭하자, 곧바로 K스파컵 대회 홈페이지가 열렸다.
 「K스파컵: 11월 30일 - 12월 8일」
 K스파컵의 일정은 이미 공지된 상태였다. 순간, 이건의 가슴이 요동쳤다. 두려움과 설렘이 동시에 밀려와 그를 덮쳤다.
 다시 한번 정신 차리고 자세히 읽어봤다.

「오픈 토너먼트 우승팀 중 'RCK 아카데미 소속'을 제외하고, 그 외 팀에게 K스파컵 진출전 자격 부여.」

「진출전 우승팀에게 K스파컵 참가권 획득.」

「K스파컵 우승팀은 차후년도 RCK 챌린저스 참여기회 부여.」

이건은 겨울과 한참 대화를 이어가며 계획을 짜나갔다. 우선 팀 구성을 위해서는 좋은 감독을 뽑아야 하고, 그 후에 선수 선발은 그에게 맡겨야 했다.

하지만 그게 그렇게 단순한 문제가 아니었다. 팀이 훈련할 환경—연습실, 숙소, PC와 장비, 인터넷 환경—과 이를 뒷받침할 식사, 유니폼 등의 제반 조건을 먼저 마련해야 했다. 무엇보다 중요한 건 이 모든 걸 감당할 예산이었다.

그는 가진 것이 아무것도 없었다. 받을 수 있는 퇴직금도, 한 번에 큰돈을 빌릴 수 있는 신용도, 의지할 인맥도 없었다.

'이제 어떻게 해야 하지?'

이건은 펜을 빙빙 돌리며 생각에 잠겼다.

* * *

안산의 한 PC방. 화려한 로고와 함께 간판이 그를 맞이했다.

[디올 PC방]

하이건은 이곳 사장이자 과거 스톰브레이커즈 단장이었던 이황태를 만나기 위해 그의 사무실을 찾았다.

안산시 중앙동 중심가에 있는 디올 PC방 본점. 깔끔히 정돈된 인테리어와 최신 장비는, 마치 명품 매장을 연상시켰다.

"야, Dokdo 이게 몇 년 만이야?"

황태는 스톰브레이커즈의 단장이었지만, 그전에 이미 이스포츠 무대에서 15년 넘게 산전수전을 겪은 베테랑이었다. 스타크래프트, 서든어택, 라운드오브레거시, 왕자영요, 오버워치, 히어로즈2077까지 손대지 않은 종목을 꼽는 게 더 빠를 정도였고, 각 종목이 커졌다 사그라들 때마다 그는 언제나 그 자리에 있었다.

그러나 히어로즈 리그가 갑작스레 폐지된 후, 그는 이스포츠판을 완전히 떠났고 다시는 돌아오지 않았다. 은퇴 후 PC방 사업으로 작은 성공을 거둬 지금은 PC방 프랜차이즈 사장으로 자리를 잡았다.

"허 참, 하이건… 넌 늘 나를 놀래키는구나. 일단 내 애기 들을 준비 됐냐?"

이건의 창단 계획을 전해 들은 황태는 프린터에서 A4용지 한 장을 꺼내더니 펜으로 뭔가를 빠르게 적기 시작했다.

K스파컵: 11월 30일

3-9월까지 아카데미 리그 우승 1회 확정해 진출전 티켓을 얻는다는 계획 가정

감독 월급: 최소 월 300만 원 × 8개월 (3-10월) = 2,400만 원

선수 월급: 최소 월 150만 원 × 5명 × 8개월 = 6,000만 원 (상금은 선수 8: 팀 2)

숙소 겸 사무실 월세: 100평 기준 월 300만 원 × 8개월 = 2,400만 원

PC 장비: 200만 원 × 6대 = 1,200만 원

식비: 8명 × 3식 × 12,000원 × 30일 × 8개월 = 6,912만 원

"내가 대략적으로 적어도 총합은 대충 1억 8천 정도야. 이 정도는 기본으로 들어간다고 봐야지."

이건은 숫자를 보고 눈이 휘둥그레졌다.

"1억 8천이요? 아니 이게 무슨… 선수 데뷔에 대한 열정이 있다면 돈 안 받더라도 PC방에서 연습해야 되는 거 아니에요? 전 자리만 좀 내 달라고 부탁드리려고 온 건데… 제가 어떻게 그런 돈을 마련해요?"

황태는 고개를 끄덕이며 말했다.

"그래서 포기하라는 거야. 아니면, 진짜 이걸 해낼 방법을 찾아보든가."

앞길이 막막했다. 좀 더 얘기를 나눈 그는 축 처진 어깨로 문을 밀고 밖으로 나섰다. 휴대폰 화면 너머로 보이는 은행 잔고는 '156,200원'.

'이대로 포기해야 할까…'

그는 잠시 고민했다.

***

송도 글로벌 캠퍼스 인근, 흙먼지 가득한 공사 현장. 버스에서 내린 하이건은 철제 펜스를 밀고 안으로 들어섰다. 주차된 트럭 옆에서 굴착기를 점검하는 남자가 눈에 들어왔다. 낡은 점퍼 차림에 흙 묻은 장갑을 낀 그는 무심한 손길로 기계를 만지고 있었다.

"안녕하세요, 혹시… 백연후 감독님 아니신가요?"

이건이 조심스레 말을 건네자, 상대는 눈길조차 제대로 주지 않은 채 쏘아붙였다.

"당신 뭐야?"

"저는 하이건이라고 합니다. 예전에 히어로즈2077 프로게이머로 활동했었고요. 황태 사장님 통해 연락처 얻어서 전화랑 문자 드렸었죠. 기억하시죠? 제가 오늘 찾아뵙는다고… 시간 괜찮으세요?"

그제야 백연후는 몸을 돌려 이건을 바라봤다. 잔뜩 찌푸린 얼굴로 이건을 위아래로 훑어보던 그는 한숨을 내쉬며 말했다.

"오겠다니 막진 않았는데, 바빠 죽겠는데 무슨 소리야. 할 말 있으면 간단히 해. 큰돈 되는 얘기 아님 그냥 가고. 난 이제 이스포츠는 관심 없어."

"제가 새로운 팀을 꾸리려고 합니다. K스파컵에 참가해서 다시 이스포츠 무대에 도전하려고요. 코치님께서 감독으로 합류해주셨으면 해서 왔습니다."

백연후는 비아냥거림을 머금은 소리를 뱉었다.

"무슨 소리야, 갑자기 찾아와서 뜬금없이 팀을 만들겠다고? 당신 누군데? 히어로즈 선수 출신이면 지금은 그냥 백수 아냐? 무슨 자신감으로 팀을 만들겠다는 거야?"

이건은 곤란한 표정으로 고개를 저었다.

"아직 준비된 건 많지 않습니다. 하지만 저는 진심입니다. 감독님 같은 분이 도와주시면 정말 큰 힘이 될 거라고 생각해요."

이건은 그가 돌려 말하지 않는 사람임을 깨달았다. 그의 말은 날카롭고 직설적이었지만, 그 안에 담긴 현실의 무게는 더 뼈아팠다.

ROL판에 있던 시절, 그는 그야말로 '야인' 그 자체였다. 야구에서 파격적인 인터뷰로 유명한 '김성근'감독에 비교되어 '젊은 김성근'이라는 말도 커뮤니티에서 나돌았다.

그는 ROL판에 있을 때도 거침없는 발언들을 쏟아내 이슈가 되기 십상이었는데, 자기는 돈과 명예를 좋아한다고 공공연히 얘기하고 다니는 것이 대표적이었다.

"저 돈 욕심 진짜 많아요. 재밌게 살려면 돈이 필요하잖아요. 그러다 보니 당연히 욕심이 날 수밖에 없죠. 지금 제게는 직접 꾸린 팀으로 ROL월드컵 정상에 오르는 게 세상에서 제일 큰 관심사고, 또 최고의 재미예요. 그게 지금 제가 가장 원하는 일이기도 하고요."

아직도 그의 언론 인터뷰는 커뮤니티에 회자될 정도로 유명했다.

"진심입니다. 한번만 고려해 주십쇼. 정말 부탁드립니다."

점심식사를 하러 함바집에 들어가는 그를 따라 들어간 이건은 간절한 목소리로 말했다. 백연후는 아무 말 없이 식판을 들고 식사 줄에 서며 말했다.

"이봐요, 난 이미 미련 없는 사람이야. 괜한 사람 마음 뒤집어서 들뜨게 하지 말고 각자 자기 삶에서 최선을 다합시다."

백연후의 단호한 태도에, 이건은 결국 고개를 숙이고 돌아섰다. 흙먼지 날리는 공사장을 벗어나며, 자신이 어쩌면 너무 무모한 도전을 하고 있는 게 아닐까 하는 자책에 빠졌다.

버스를 타고 집으로 돌아오는 길에 이건은 백연후에 대한 기사를 계속해서 찾아보며 그의 인터뷰 내용에 집중했다.

그의 철학은 당시 프로게임단에서는 보기 힘들던 파격적인 스타일이었다. 또한 팩트를 근거로 한 스파르타식 강한 피드백은 오래된 베테랑 선수조차 주눅들게 만들 정도였다.

오늘의 그의 모습은 기사 속에서 느껴지던 열망과는 거리가 멀었다. 그러나 그 안에 남아 있는 갈망과 아쉬움만큼은 분명하게 느껴졌다.

* * *

공사 일이 끝난 뒤, 해가 저물 무렵 백연후는 숙소 겸 휴게실로 들어갔다. 낡은 소파에 몸을 눕히며 한숨을 내쉬었다. 작업복에 묻은 먼지를 툭툭 털던 그는 잠시 생각에 잠겼다가, 곧 허기를 느끼며 시선을 테이블로 돌렸다.

그 위에는 편의점에서 사 온 아이돌 콜라보 샌드위치와 바나나 우유가 놓여 있었다. 그는 포장을 뜯어 크게 한 입 베어 물고는 휴대폰을 켜 이건이 보낸 긴 메시지를 다시 확인했다.

'안녕하세요 '레인디어' 감독님, 저는 히어로즈2077 프로게이머였던 하이건이라고 합니다. 아마 저를 잘 모르실 거라…'

그는 사실 이건이 누구인지 알고 있었다. 한때 자신도 히어로즈2077 팀 창단을 고민했던 적이 있었기 때문이다. 비록 ROL에 계속 남았지만, 히어로즈를 아는 사람이라면 Dokdo를 모를 수는 없었다.

'저는 실패한 사람입니다. 리그 폐지라는 핑계 뒤에 숨어 시간을 낭비했습니다. 공부도 안 했고 기술도 배운 게 없는 상황에서 게임만 했는데, 리그가 없어지니 좌절하고 님 탓만 했습니다.

늘 승리하던 챔피언에서 루저가 되는 건 한 순간이더라구요. 지금도 그렇게 살고있습니다. 그래서 제가 싫었고, 바꾸고 싶습니다. K스파컵에 나간다는 꿈은 사실 제가 봐도 허무맹랑한 소리인 것 알고있습니다. 그런데도 왜 도전하고 싶은지 아시나요? 그게 제가 다시 도전할 수 있는, 도전하고 싶은 유일한 무대입니다. 제 젊은 시절을 바친 곳이고, 제 놀이터였고, 제가 당당하게 얼굴 내밀고 숨 쉴 수 있는 공간이었습니다.

이제라도 변화하고 싶습니다. 그리고 저 같은 사람이 또 어딘가에 있을 거라고 믿습니다. 그들과 함께 도전하고 싶습니다. 제가 레인디어 감독님을 모실 수 있을지 모르겠지만, 기회를 주신다면 이런 계획으로 K스파컵을 준비할 생각입니다. 먼저…'

연후는 그의 글을 다시 처음부터 정독해 나갔다. 어설프고 거칠지만 솔직한 이건의 말이 가슴 깊이 다가왔다. 아직 서른다섯밖에 되지 않은 그였다. 생활고에 밀려 굴착기 기사로서 살아가는 건 결코 그가 원한 삶의 종착역이 아니었다.

그의 머릿속 어딘가에서 또 다른 목소리가 들려왔다.

'너도 한때는 그런 사람이었잖아. 꿈 하나로 버텼던 시절, 그때의 넌 어떤 기분이었지?'

그는 담배를 깊게 들이마셨다. 내뿜은 연기는 그의 속마음을 드러내듯 묵직하게 흩어졌다.

5화

랜선결의, 펜타킬러즈

"직업이요?"

은행 창구 상담사가 질문하자, 하이건은 머뭇거리며 답했다.

"음… 프리랜서라고 해야 할까요. 전(前) 프로게이머였습니다."

"아, 그러니까 지금 고정 수입은 없으신 거군요?"

"네, 지금은… 단장 직책을 가지고 있고요. 팀을 만들려고 준비 중이에요."

상담사는 뭔가 알아들을 수 없다는 표정으로 화면을 한참 들여다보더니 고개를 저었다.

"죄송하지만, 신용대출이 어렵습니다. 지금 신용도도 600점밖에 안 되고, 제1금융권 대출받으시려면 고정 소득이나 담보가 필요하거든요."

이건은 입술을 깨물었다.

"혹시, 다른 방법은 없을까요?"

"다른 방법이라면 제2금융권인데, 고이자 때문에 추천드리지는 않고요. 가족분의 도움을 받으시거나 지인에게 요청해 보세요."

***

하이건은 자판기 커피를 손에 쥔 채 창밖을 보며 깊은 생각에 잠겨 있었다.

학원 수업 후 자녀들을 픽업하러 길게 줄 서 있는 차들이 보였다. 이건은 차에 타는 학생들을 보며 '그들은 어떤 꿈을 그리며 살고 있을까?'라는 생각을 잠시 해보았다.

그때 멀리서 넥타이를 풀며 강의실 문을 열고 걸어오는 겨울이 눈에 들어왔다.

"겨울아, 오늘 은행 갔다가 현타 제대로 왔다. 나 신용대출 불가 떴어. 은행을 가본 것도 처음이지만, 3-4천은 그냥 빌려줄 줄 알았지."

"이 형 진짜 현실감각 없네. 형 같은 사람은 카드사 신용대출부터야. 직업이 없고 수입이 없는데 뭘 믿고 대출이야. 신용사회, 신용카드 앞에 두 글자 뭐야. 신.용.이잖아."

겨울은 휴대폰을 꺼내더니 무언가를 검색하기 시작했다.

"잠깐만, 내가 예전에 본 게 있었는데…"

그는 화면을 스크롤하며 말했다.

"아, 여기 있다! 나 얼마 전에 예전 게이머 하던 애가 은퇴하고 이스포츠 사업하겠다고 어쩌고 저쩌고 하면서, 무슨 정부 지원 프로그램에 선정됐다고 인스타에 올리더라고. 그게 이거 같아."

"그게 뭔데?"

"중소벤처기업부와 문체부가 함께 지원하는 '레츠고 K-이스포츠'? 이스포츠 관련 스타트업 지원을 진행하는 사업 같은데, 지원금 규모가 꽤 큰 거 같아."

이건은 그가 내민 화면을 받아들고 읽기 시작했다.

"10억 예산, 스타트업 지원, 은퇴 선수 재취업 지원, 최대 1억 원까지?" 그의 목소리에 희망이 묻어났다.

"응. 조건도 그렇게 까다롭지 않아 보여. 형처럼 프로게이머 경력 있는 사람은 자격이 충분할 거야. 신청해보는 게 어때?"

"이게… 될까?"

겨울은 그의 눈을 똑바로 바라보며 단호하게 말했다.

"시도도 안 해보고 안 될 거라고 생각하면 평생 아무것도 못 해. 이번엔 내가 뒤에서 도와줄게. 일단 우리 계획부터 세워보자. 여기 보니 다음 주에 올해 지원 사업 관련 설명회가 곧 열린대. 그거부터 참석해보는 게 좋을 것 같아."

이건은 고개를 끄덕이며 다시 한번 그에게 고마움을 느꼈다.

"근데, 우리 둘보단 우릴 도움 팀메이트가 더 필요한 거 같긴 해."

맞다. 이건의 팀은 더 많은 인력이 필요했다. 선수 출신인 이건이나, 학원강사 경력의 겨울이 이 모든 걸 다할 수 없었다. 이건과 겨울은 각자 역할을 분담하기로 했다. 우선 이건은 팀원이 될 만한 사람을 찾아보기로 하고, 겨울은 '레츠고 K-이스포츠'에 대한 자료조사를 이해하기 쉽게 정리하기로 했다.

* * *

이건은 열심히 검색을 통해 이스포츠 산업 전문가에 대한 자료를 수집하기 시작했다. 그는 구글과 유튜브, 네이버 등에서 '이스포츠 전문지식', '이스포츠 전문가', '이스포츠 팀 단장' 등의 검색어로 웹서핑을 하는 중에 '한타지지'라는 카페를 알게 됐다.

'이스포츠 취업 전문카페 한타지지 - 취업, 채용, 진로고민'

1,700명 정도밖에 안 되는 작은 네이버 카페지만, 제목만 게시글들의 제목만 훑어봐도 그 안에 있는 많은 사람들이 이스포츠 팀에 들어가고 싶어 한다는 걸 느낄 수 있었다.

그날 밤, 그는 '한타지지' 네이버 카페에 가입했다. 카페 글을 처음부터 상세히 읽어보며, 그는 자신과 비슷한 고민을 하는 사람이 많다는 걸 알게 됐다. 단장까지는 아니더라도, 이스포츠를 사랑하는 사람으로서 업계에서 일하고 싶은 진심이 느껴졌다. 사람들이 올린 게시글엔 이스포츠에 대한 열정과 고민이 묻어났다.

이건은 '한타지지' 카페를 매일 들락날락하며 댓글도 달고, 조언도 남기며 활동했다.

그러다 우연히 눈에 띈 닉네임이 있었다. 'Gina'.

'지난주 대학생 스트리트파이터6 대회 운영 후기입니다!'

Gina가 올린 글에는 대회 운영 과정과 겪은 에피소드, 그리고 개선점까지 적혀 있었다. 그녀는 자신만의 신념이 확고한 사람 같았고, 이스포츠 산업에 취업하고자 하는 열정이 엄청난 사람 같았다.

'지역 축제에서 이런 식으로 아마추어 대회를 열면 더 많은 관객이 참여할 수 있지 않을까요?'

'이번에 운영했던 대회 포스터입니다. 다음엔 로고 제작을 더 신경 써볼게요!'

이건은 그녀의 게시글을 모아보기로 유심히 읽었다.

Gina라는 인물은 단순히 팬은 아닌 것 같았다. 대회 운영, 홍보, 디자인 등 여러 방면에서 전문성을 갖추고 있었고, 글에서는 진심 어린 열정이 묻어났다.

'혹시… Gina라는 사람… 한번 만나볼까?'

그는 곧바로 Gina에게 메시지를 보냈다.

* * *

하이건은 초조한 마음으로 노트를 적다 말고 시계를 번갈아 보았다. 그러다 문 쪽으로 시선을 돌린 순간, 한 여성이 들어와 주위를 살폈다. 곧장 그를 알아본 그녀가 손을 흔들며 다가오자, 인터뷰도 아닌데 괜스레 긴장한 이건은 목을 한번 가다듬었다.

"안녕하세요. 저는 하이건이라고 합니다."

"네 안녕하세요! 저는 민지나라고 해요. 제가 아이디 Gina에요."

이건은 그녀와 이야기를 나누며 그녀의 경험과 열정을 깊이 알게 되었다.

"부산 이스포츠 경기장에서도 일하셨다고요?"

"네, 교육 프로그램 운영 스태프로 있었어요. 이 외에도 대학 리그 심판이나 아마추어 대회 방송 제작 같은 일을 해봤죠."

그녀는 자연스럽게 자신이 해온 일들을 열거했다. 듣다 보니, 그녀는 이스포츠 운영 전반에 대해 폭넓은 경험을 가진 사람이었다. 이건은 조심스럽게 자신의 계획을 설명하기 시작했다. 자신이 겪었던 선수로서 성공과 실패, 별 볼 일 없는 삶, 그리고 이제 달라지고자 하는 결심까지.

"저, 실은 팀을 만들고 싶습니다. 그런데 혼자서는 어렵더라고요. 지나님 같은 분이 함께하면 정말 큰 도움이 될 것 같아요."

그는 민지나를 팀 프론트로 영입하고 싶다고 단도직입적으로 얘기했다. 그리고 줄 수 있는 월급도 없다고 말했다. 그녀의 눈조차 제대로 쳐다보지 못하고 얘기하는 이건을 보며, 지나는 잠시 생각에 잠겼다. 그녀의 머릿속에는 수많은 면접에서 들었던 거절의 말이 맴돌았다.

'경력직만 찾습니다.'

'신입은 아무래도 좀 어렵습니다. 당장 업무에 투입되어야 해서요.'

지난 몇 년간 이스포츠 업계의 문을 두드렸지만, 돌아오는 것은 차가운 외면뿐이었다.

"이건님, 제가 지금까지 몇 군데나 지원해본 지 아세요? 아마 못해도 서른 군데는 넘을 거예요. 이스포츠 게임회사, 팀, 에이전시, 방송국, 플랫폼… 진짜 안 해본 데가 없어요. 신입은 뽑지도 않구요. 알바생 말고는 기회는 없더라구요. 다들 경력직만 원해요. 그런데 웃긴 게 저 같은 사람 너무 많은 거 있죠. 주변에 리그도, 팀도, 대회도 많고 행사도 많은 것 같은데 왜 이렇게 사람 뽑는 곳은 없죠?"

그녀는 허탈하다는 듯 씁쓸한 미소를 지었다. 하지만 이내 그녀의 눈빛에 다시금 불꽃이 피어올랐다. 이스포츠에 대한 그녀의 열정은 현실의 벽에 부딪힐수록 더욱 단단해졌다. 이건의 팀은 월급도 없는 무명 팀이었지만, 그녀에게는 새로운 가능성이자 직접 '판'을 만들어볼 수 있는 유일한 기회처럼 느껴졌다.

"저는 별로 고민이 되지 않아요. 같이 하고 싶어요. 전 경험이 더 중요하거든요. 팀을 만드는 과정 자체가 저한테는 배움이 될 거예요. 저만의 이스포츠를, 이 팀을 통해 만들어보고 싶습니다."

그녀의 긍정적인 태도에 이건은 가슴이 벅차올랐다. 가진 것은 무모한 도전밖에 없는 자신에게 벌써 예전 동료 한겨울, 그리고 이젠 젊고 역동적인 행동형 팀원 지나까지 생겼기 때문이었다.

* * *

한겨울의 학원 강의실.

화이트보드 한가운데에는 하이건이 크게 적은 글씨가 보였다. 그가 마커를 손에 쥔 채 말했다.

"자, 가장 먼저 우리들의 역할을 한번 적어보자."

K스파컵 우승 프로젝트명: '펜타킬 어게인'

팀명: 펜타킬러즈

하이건 (Dokdo) - 팀 단장

팀의 목표: K스파컵 우승을 위해 가는 길을 리더로 이끔.

선수단 관리: 선수 영입, 훈련 일정 조율, 팀워크를 이끌어 냄.

한겨울 (Yuki) - 팀 매니저

팀 운영비 운영, 계약 관리, 대회 등록.

선수들의 일상 관리, 심리 상담 및 건강 관리.

멘토 역할: 과거 프로 선수로서의 경험을 바탕으로 팀원들에게 조언과 동기부여.

문제 해결사: 그냥 팀에 일어나는 모든 일 죄다 처리.

민지나 (Gina) - 마케팅

팀의 이미지 구축 및 온라인에서의 인지도 확립.

유튜브, 트위터, 인스타그램 등 SNS 플랫폼을 활용한 홍보.

팬들과의 소통을 통한 팬덤 형성 및 유지.

이건은 화이트보드에 역할을 적은 후 그래도 나름 뭔가 조직체계가 잡혀가는 느낌에 흡족해했다.

"근데 우리는 선수가 없는데 이제 어떡하지?"

겨울이 물었다. 이건이 의미심장한 표정으로 미소를 머금었다. 그때 문이 열리며 한 사람이 걸어 들어왔다.

"어, 레인디어?"

민지나와 한겨울은 입이 벌어진 채 한동안 아무 말도 못했다.

6화

대국민 프로젝트

"2천만 원 돌파!"

크라우드 펀딩 오픈 후 2일 차 라이브 스트리밍 중 하이건이 외쳤다. 그의 머리에 축하 파티 고깔모자를 쓰고 있었고 뒷배경인 벽에는 여러 축하 장식들이 보였다.

화면 오른쪽 하단에는 빠르게 올라가는 후원 금액이 실시간으로 반영되고 있었다. 이건은 흥분을 감추지 못하고 환호성을 내질렀다. 채팅창은 팬들의 축하 메시지와 이모티콘으로 폭발했다.

"여러분 덕분입니다! '펜타킬러즈'는' 여러분이 만드는 겁니다. 감사합니다, 감사합니다!"

지나는 한쪽 모니터에서 빠르게 정산 데이터를 확인하며 고개를 끄덕였다.

"2천만 원이라니, 오늘이 가장 뭔가 반응이 뜨거운데요? 어? 채팅 보니, 저희 방송이 지금 숲 플랫폼 메인에 배너 광고로 걸렸대요! 그래서 이렇게 사람들이 갑자기 많아졌구나."

방송 다음 날인 펀딩 3일 차에 후원 금액 3천만 원을 돌파했다. 크라우드 펀딩은 지나의 아이디어였다.

"우리가 팬들과 함께 팀을 만드는 거예요. 단순히 돈을 모으는 게 목적이 아니에요. 응원원 뿐 아니라, 주체로서 팀이 만들어지는 여정을 함께하는 거죠. 사실 저 이런 모델을 예전부터 계속 생각해 왔어요. 이거 돼요. 진짜 될 거예요."

지나는 마치 그동안 이 이야기를 하기 위해 준비했다는 듯 열변을 토했다.

"팬덤 경제라는 개념을 적용하면 가능할 거라고 생각해요. 예를 들면, 초기 후원자들이 함께 K스파컵에서 우승하는 과정을 함께한다면, 단순한 팬이나 관객이 아니라 진짜 팀의 일부가 되는 거죠."

이건과 겨울은 그녀의 이야기에 조금씩 빠져들고 있었다.

"크라우드 펀딩은 단순히 돈을 모으는 게 아니에요. 팬들에게 우리가 어떤 팀인지, 왜 이 여정을 시작했는지를 보여주는 과정이에요."

지나는 어느새 손짓을 섞어가며 말을 이어가고 있었다.

"생각해보세요. 이건님이 월드챔피언십 우승자였던 시절을 기억하는 팬들, 그리고 히어로즈2077이 사라지면서 상실감을 느겼던 사람들이 분명 있을 거예요. 우리가 단순히 신생팀이 아니라, 그들이 직접 키우고 함께 성장하는 팀이라는 걸 느끼게 해야 해요."

결과적으로 지나의 아이디어는 성공적이었다. 이건과 연후가 전면에 나선 덕분에 크라우드 펀딩은 유튜버들과 팬들 사이에서 빠르게 화제가 됐고, 총 3천 명 가까운 후원자가 참여했다. 그중에는 최상위 등급인 100만 원을 선택한 열성 팬들도 적지 않았다. 모금은 30일간 진행될 예정이었지만, 선수단 구성과 숙소 마련, 연습 환경 등 다음 단계를 준비하기 위해 추가 라이브는 하지 않기로 결정했다.

"참… 신기한 일이야."

"뭐가?"

옆에서 이건을 지켜보던 겨울이 물었다.

"처음에 이 팀은 나 혼자 시작한 거라고 생각했어. 그런데 지금은 달라. 이제는 나 혼자만의 팀이 아니라, 모두가 함께 만들어가는 팀이야. 팬들이, 참가자들이, 심지어 유니폼을 디자인하는 사람들까지도 말이야."

겨울은 미소를 지으며 고개를 끄덕였다.

"맞아. 나도 요즘 느꼈어. 이스포츠는 여타 스포츠랑은 좀 다른 것 같아. 사람들은 단순히 팀 하나만 응원하는 게 아니라, 자신이 사랑했던 게임과 그 게임을 통해 얻은 추억을 응원하는 거잖아."

이건은 어느 순간부터 잠을 잘 이루지 못했다. 밤늦게까지 커뮤니티 글을 읽다가 침대에 누워 있었을 때 수많은 상상과 고민으로 잠이 오질 않았다. 이번 펀딩 결과물을 보며 놀라움과 두려움이 동시에 다가왔다. 더 이상 한두 명의 아이디어로 시작된 단순한 "팀 만들기"가 아니라 이 프로젝트에 관심을 가지고 후원하는 사람들이 만든 대국민 프로젝트가 되어버렸기 때문이다. 이것이 거품이 될지 진짜 현실이 될지의 많은 부분이 그의 결정에 달려있었다.

'너무 많은 일을 벌였나?'

'나중에 수습하지 못하면 어쩌지?'

'미래를 담보로 사람들에게 돈을 받았는데… 그런데 결과가 나오지 못하면…'

끝없는 불안과 두려움이 이건을 짓눌렀다.

* * *

스톤헨지의 감독실. 류태헌은 손에 들린 커피를 내려놓고 모니터를 노려봤다. 커뮤니티 게시판은 '펜타킬러즈' 팀의 3천만 원 펀딩 소식으로 뜨거운 논쟁이 한창이었다. 이스포츠 관련 소식은 늘 빠르게 퍼졌지만, 이런 해프닝 같은 이슈몰이가 기사로 날 줄은 몰랐다. "펜타킬러즈"의 크라우드 펀딩과 팬들의 열렬한

지지가 이스포츠 뉴스 '가장 많이 읽은 글' 섹션에 실려 있었다.

그의 눈은 모니터 속 'Dokdo' 하이건의 이름을 꿰뚫을 듯 응시했다. 과거의 영광이 사라진 후 태헌은 누구보다 치열하게 바닥부터 기어올라 여기까지 왔다. 그런데 이건은 여전히 대중의 스포트라이트를 받고 있었다. 화려한 컴백, 라이브 방송, 팬들의 열렬한 반응, 심지어 크라우드 펀딩까지 성공적이라니. 태헌의 속에서 시뻘건 질투가 용암처럼 끓어올랐다.

'나는 뼈 빠지게 노력해서 여기까지 왔는데… 너는 망가졌던 모습마저도 동정표를 얻는구나.'

그는 이건과 백연후처럼 한때 전설적인 인물들이 지녔던 여유와 명성을 떠올리며, 자신은 그들보다 훨씬 더 깊이 배고픔을 겪어봤기에 더욱 절실하게 매달릴 수밖에 없다고 믿었다.

"배고픔을 진짜로 아는 놈들이 아니지…"

그때 그의 휴대폰이 울렸다. 화면에는 '이건 Dokdo'라는 이름이 떠 있었다. 순간 누가 자신이 하는 일을 보고 있는 건 아닌지 하며 놀란 태헌은 잠시 망설인 후 목을 가다듬으며 전화를 받았다.

"여보세요?"

"태헌아, 나야. 하이건."

태헌은 이건의 목소리에서 어색함을 알아챘다. 생각해보니 팀 해체 이후 처음 나누는 대화였다.

"오랜만이네. 요즘 잘 나간다며? 축하한다."

"고맙다."

이건은 약간 머뭇거리다 말을 이었다.

"그런데 말이야, 혹시 최근 우리 방송 봤니? 펀딩 하고 팀을 만들기로 결정도 했는데, 선수도 없이 일이 너무 크게 됐어. 그래서 업계에 이미 자리 잡은 너한테 조언을 좀 구하고 싶어."

"와 역시 Dokdo는 Dokdo네. 어떻게 해야 사람들 이목을 끄는지 정확히 알아. 예전에도 그랬고, 지금도 그렇고. 지금 Yuki랑 붙어서 일한다며? 게다가 이슈몰이하려고 레인디어까지 영입하고."

"어쩌다 보니 그렇게 됐네. 근데… 선수단을 구성 하려고 하는데 혹시 뭐부터 해야 할까? 부탁 좀 하자."

'부탁?' 태헌은 눈을 가늘게 뜨며 책상을 톡톡 두드렸다.

"살다 살다 이런 일이 다 있네. 그 위대하신 Dokdo가 단장이 돼서 이런 부탁을 다 하고. 선수단 구성은 감독의 몫이니 내 알 바 아니고, 이왕 이렇게 된 거 내가 도움 한번 줄게."

"오, 어떤 건데?"

"우리랑 오픈스크림 한번 하자고."

"오픈스크림?"

"그래, 공식 경기처럼 우리랑 한번 하면 훨씬 이목도 끌고, 선수단 마케팅도 되고 좋지. 안 그래? 일단 스케줄 보니 3주 정도 후에 자리를 한번 비벼볼 만한데, 뭐 안 할 이유는 없지. 대신 조건 하나 걸자."

"조건?"

"스크림에서 우리가 이기면, 너희 팀 전원이 우리 사옥에서 하루 동안 알바 체험하는 거 어때? 나도 회사 내부에 보고를 하려면 명분이 있어야 하는데, 우리 유튜브 콘텐츠가 나오는 건이면 나도 말해 볼만 할 것 같아. 우리 콘텐츠 팀에서 쓸만한 영상 하나 찍어야 하거든. 너희 팀, 그리고 너까지."

이건은 당황한 듯 대답했다.

"알바라니, 그건 좀…"

"뭐, 재미있지 않겠어? 팬들도 좋아할 거고. 우리 사옥 투어에 '스톤헨지 레스토랑' 유명한 거 알지? 식사 제공도 해줄게."

이건은 뭔가 이해하기 쉽지 않은 제안에 바로 대답하지 못했다.

"…좋아. 그렇게 하자. 곧 다시 연락할 테니까 그때 세부 사항 논의하자. 다시 말하지만 우리 아직 선수도 없어."

"에이, 레인디어면 선수 구성 바로 나오겠지. 너무 부담 갖지 말고, 시작할 땐 사람들의 이목을 확 끌어야 오래가. 이 바닥 어차피 All or Nothing이잖아. 그럼 준비 잘하고, 나도 내부에 보고해 볼게."

전화를 끊으며 태헌은 냉소적인 미소를 지었다. 충동적으로 제안한 스크림이었지만, 왠지 재미있게 풀릴 것 같은 느낌이 들었다. 그는 급하게 일어나 팀 연습실로 몸을 옮겼다.

***

디스코드 서버 '펜타킬러즈' 방에는 네 명의 사람이 접속해있었다.

ReIgnDeeR 오늘 오후 2:12
이게 내가 추천하는 선수 명단이야.
- 탑: 'JeiPark' 박제성
- 정글: '100dishes' 백찬기
- 미드: 'SOWON' 성소원
- 서포트: 'Lite' 전조명
- 원거리 딜러: 'Victoriano' 이필승

Dokdo 오늘 오후 2:12
어, 잠깐만. 성소원? SOWON, 그 스트리머 맞죠?

ReIgnDeeR 오늘 오후 2:13
응 걔 맞아. 롤 스트리머 성소원. 괜찮고 말고를 떠나, 이 정도가 우리가 데려올 수 있는 최선이야. 데려오면 뭐라도 할 수 있을 것 같아.

Yuki 오늘 오후 2:13
아니, 근데 왜 이 사람이 저희 팀에 들어오고 싶어 할까요? 이해가 안 되는데. 연봉도 엄청 비싸게 부를 것 같은데요.

ReIgnDeeR 오늘 오후 2:14
일단 이런 친구들은 돈이 중요하지 않아. 명분이 중요하지. 그 명분은 우리가 줄 수 있으면 돼.

ReIgnDeeR 오늘 오후 2:14
근데 한 가지는 분명히 해 두자. 내가 이 팀을 맡는 이상, 내 방식대로 운영할 거야. 나한테 전적인 권한을 줘. 괴팍한 철학이니 뭐니 말이 많지만, 이게 나를 여기까지 오게 했고, 팀을 살리는 방법이었으니까. 난 우승하는 방법을 알고, 그대로 해야돼. 그걸 믿지 않을 거면 여기서 그만두던지.

Yuki 오늘 오후 2:16
당연하죠. 감독의 권한을 침해하면 안 됩니다. 이건도 동의할 거예요. 일단 팀 구성이 가장 우선이니 거기에 초점을 맞추죠. 대신, 우리 의견도 완전히 무시하진 말아 주세요. 저희도 나름 팀생활 해 봐서 뭐가 필요한진 몰라도 선수로서 불편한 건 잘 압니다.

이건은 SOWON을 잘 알고 있었다. 그는 이미 ROL 업계에서는 유명한 스트리머였다. 유튜브 팔로어만 20만 명이 넘고, SOOP에서도 매일 천 명 이상의 라이브 시청자를 모으는 인플루언서였다. 연후의 말에 따르면, 그는 ROL 방송에 염증을 느끼던 중 새로운 도전을 찾고 있었다. 그래서 연후는 팀의 명분을 위해서라도 그를 꼭 데려와야 한다고 생각했다.

사실 연후의 독단적이고 까칠한 스타일은 과거에도 선수들 사이에서 불만을 낳았다. 한 선수는 폭언과 폭행을 문제 삼아 커뮤니티에 고발하기도 했다. 하지만 그런 논란에도 불구하고, 그의 팀은 늘 성과를 냈다. 스타를 키우기보다 유망주를 길러내는 데 능했던 그는, 언제나 재야의 고수 같은 아우라를 풍겼다. 그의 강한 말투는 채팅창 너머로도 묻어났지만, 겨울이 분위기를 정리해주면서 회의는 무리 없이 마무리되었다.

* * *

며칠 뒤.

디올 PC방 옆 건물 꼭대기 층의 빈 사무공간이 숙소로 꾸려져, 선수단을 맞이할 준비가 되었다. 이황태 사장은 PC방 내부 프리미엄룸 한쪽을 연습실로 흔쾌히 내주었다. 선수들이 한 명씩 어색한 표정으로 인사하며 들어오기 시작했다.

인기 FPS 게임 '오버워치' 프로 출신의 'JeiPark' 박제성,

스타크래프트 프로게이머 출신 한의사 아버지를 둔 정글러 포지션 '100dishes' 백찬기,

5년 차 히키코모리 랭커 서포트 'Lite' 전조명,

국내 유일 왼손잡이 프로 원거리 딜러 'Victoriano' 이필승.

다들 독특한 특징을 가진 선수들로, 백연후의 관심을 사로잡았다.

잠시 후 문이 열리며 마지막으로 한 사람이 등장했다.

명품 후디에 굵은 금목걸이와 화려한 귀걸이를 하고 들어온 그에게는 짙은 향수 냄새가 났다.

"안녕하세요. 여기 뭐예요? 태어나서 이런 데는 또 처음이네요. 설마 여기가 숙소예요?"

그를 맞이한 백연후는 인사도 없이 바로 본론으로 들어갔다.

"어이 소원, 우리 초면이지? 나이 차 꽤 나니 그냥 말 편하게 할게. 이번 라그나로스 챌린저스리그 사태 이미 들어서 알고 있을 거야. 우리는 K스파컵 우승해서 라그나로스 팀의 빈자리를 차지할 거고. 다시 프로게이머로 전향하고 싶다며? 맞아?"

성소원은 가벼운 미소를 지으며 말했다.

"헛, 감독님 역시 소문대로 화끈하시네요. 솔직히요? 매일 하는 똑같은 방송 좀 지겨워요. 스트리머들하고 게임이나 하다가 남의 대회 동시 중계나 하고. 먹방, 술방, 그것도 몇 년 하니 못하

겠더라고요. 이번 도전이 또 저한테 재밌는 방송 소재도 되고 서로 윈윈 아니겠어요?"

"야, 너 내가 예전 연습생 시절 코치한테 들었는데, 팀워크 아주 개판이라고 그러더라? 팀 내 정치질이나 하고. 너 그래가지고는 내 밑에서 못한다. 팀 들어오고 싶으면 성질 죽여라."

"아 네네, 명심하겠습니다. 레인디어 감독님! 그래도 저 캡틴은 시켜주실 거죠? 제가 짬바도 있는데 캡틴으로서 딱 게임도 캐리하고, 애들 중심도 딱 잡고 할 수 있을 것 같은데요."

"네 맞아요. 저희는 신생팀이지만, 많은 사람의 주목을 받기 충분한 스토리 이미 가지고 있습니다. 소원 님 같은 스트리머의 스토리와 실력까지 더해진다면, 분명 시너지가 날 거예요. 더 높은 곳으로 갈 수 있는 명분을 드리겠습니다."

이건이 옆 방에서 나오며 인사말을 건넸다.

"여러분, 우리 잠깐 모여볼까요?"

이건은 선수들을 모두 사무실 중앙으로 모았다. 오래된 건물의 눅눅한 공기 속에서 그는 한 사람 한 사람의 얼굴을 바라보았다. 제성은 여전히 다소 어색한 표정을 지었고, 소원은 무표정한 얼굴로 팔짱을 끼고 있었다.

이건은 가벼운 한숨을 내쉬며 입을 열었다.

"펜타킬러즈의 초대 로스터로 합류한 여러분, 저는 단장 하이건입니다. 팀 합류를 진심으로 환영합니다. 저는 여러분과 크게 다르지 않은 사람입니다. 지금도 그리 특별한 능력도 없고 단장 명찰을 달고 있지도 않아요. 그전에 선수 생활을 하며 느낀 점이 많기에, 전 여러분이 훈련에만 집중할 수 있도록 만드는 후원자로서의 역할을 하려고 합니다."

이건은 겨울에게 고개를 끄덕여 신호를 주며 말을 이었다.

"다들 모인 김에 공식적으로 팀 프론트를 소개할게요. 이미 몇 번 보긴 했겠지만, 앞으로 여러분과 가장 많이 협력하게 될 두 사람이니까요."

겨울은 가볍게 웃으며 한 걸음 앞으로 나섰다.

"안녕하십니까. 팀매니저 'Yuki' 한겨울입니다. 여러분이 이곳에서 생활하는 동안 행정적인 지원부터 사소한 고민 상담까지, 어떤 일이든 제가 도와드릴 겁니다. 불편한 점이나 필요한 게 있으면 언제든 이야기하세요. 해결할 수 있는 건 바로바로 처리하겠습니다."

"우와, 진짜 쌤 같아요."

그의 학원강사 말투에 선수들 사이에서 웃음이 터졌다.

"안녕하세요, 여러분! 저는 'Gina' 민지나라고 합니다. 팀의 마케팅과 홍보를 맡고 있어요. 제가 홍일점이라 조금 외로운데, 저 말고도 여자분 두 분이 더 조인하실 거니까 다음에 소개해 드릴게요. 솔직히 말해서, 여러분이 경기를 잘하면 제가 더 편해집니다. 그러니까 멋진 모습 부탁드릴게요!"

"마케팅이요? 그럼 SNS 같은 거 운영하시는 거예요?"

"맞아요. 이미 팀 계정이 올라가기 시작했어요. 훈련 사진이나 경기 장면을 팬들에게 공유할 거고요. 또 후원자들에게 팀이 어떻게 성장하고 있는지 보여주는 역할이 제 일이죠. 제가 아마 좀 귀찮게 사진이나 영상 찍자고 해도 다 들어주셔야 해요? 그리고 제일 중요한 거. 이제 프로니까 샤워, 세수, 면도는 매일 하고 출근하기!"

지나의 말에 선수들은 또 한 번 크게 웃었다.

7화

'무적(無籍)' '무적(無敵)'

사 업 자 등 록 증

(일반과세자)

등록번호 : 119-08-349×××

"오, 나왔다! 형, 사업자등록증 나왔어!"

겨울은 방으로 들어와 하이건에게 소리쳤다.

홈택스에 사업자 정보와 위치를 적고, 미리 준비한 사업계획서를 제출한 후 노심초사한 지 이틀 만에 승인이 떨어졌다.

"정말? 오늘이 사업신청서 제출 마지막 날인데 다행이다!"

이건은 일은 크게 벌였지만 가진 돈이 없었다. 겨울이 알아보던 레츠고 K-이스포츠 사업계획 발표 및 선정이 다음 주였지만, 현재 통장에 남은 잔액은 크라우드 펀딩 후원 금액과 은행 비상금 대출 잔금으로 2,700만 원 남짓이었다.

연후는 선수들을 모으면서 이건에게 최소한 6개월의 비용 준비를 부탁했었다.

"3주만 주세요."

이건은 자신 있게 얘기하기는 했지만, 연후의 눈을 쳐다보지는 못했다. 연후 역시 그의 사정을 모르지 않았기에 애써 모른 척했다.

겨울은 그런 이건을 지켜보며 다독였다.

"형, 다음 주 정부지원금 사업 발표 연습하자고. 그거 최대 1억 원이잖아. 좋은 소식 있지 않겠어? 다행히 초반에 크라우드 펀딩 후원금이 있으니 버틸 수 있는 힘이 생겼고… 나도 자금 좀 보탤까 해. 나중에 갚으면 되잖아? 첫 세 달 선수단 월급 정도는 합쳐서 내보자고."

이건은 겨울에게 고마움을 느끼면서도, 단 하나의 계획조차 틀어져선 안 되는 벼랑 끝 상황에 큰 부담을 안고 있었다. 이미 성적을 내기도 전에 꿈을 팔아 사람들에게 크라우드 펀딩을 받았고, 될지도 모르는 지원 사업을 가정하여 모든 자금 계획을 짜고 있었기 때문이었다.

* * *

드디어 '레츠고 K-이스포츠' 사업 심사일이 다가왔다. 이건은 미용실에서 머리도 다듬고 세미 정장으로 말끔히 차려입은 채로 발표장으로 들어갔다. 이미 자신들 외에 수많은 발표자가 엄숙한 모습으로 대기실에 삼삼오오 앉아있었다. 누군가는 눈을 감고 할 말을 생각하고 있었고, 누군가는 팀원들로 보이는 사람들과 여유롭게 얘기를 하고 있었다. 방명록에 이름과 회사명을 적고 두 좌석이 빈자리를 찾아 앉았다.

"형, 괜찮아? 너무 긴장한 것 같은데."

겨울이 이건을 보며 얘기했다.

"아니, 안 괜찮아."

이건은 긴장했는지 습관처럼 옷깃을 여미며 다리를 떨었다.

"그냥 어제 연습한 대로 해봐. 걱정할 거 없어. 있는 그대로가 좋지, 뭔가를 거짓말하는 게 아니잖아."

"그치. 근데 우리만 왜 이렇게 아마추어같이 보이지?"

"펜타… 킬러즈? 이거 이름 맞죠? 다음 차례입니다. 여기 앞에서 대기해 주세요."

약 10분 후 이건과 겨울은 심사장 안으로 들어간다. 세 명의 심사위원들이 노트북 앞에 앉아 뭔가를 열심히 적고 있었는데, 긴 심사 때문인지 다소 지쳐 보였다. 심사위원들을 보자마자 이건은 식은땀이 나기 시작했다.

"발표 시간은 5분, 질의응답 시간은 5분입니다. 발표 시간은 엄수해 주셔야 합니다."

옆에 있던 진행자가 무뚝뚝한 말투로 얘기했다.

'뭐, 5분?'

최소 20분 길이로 20장 정도의 발표 자료로 수도 없이 연습하며 준비한 이건은 갑자기 머리가 하얘졌다. 뒷자리에 앉은 겨울과 눈을 마주치니 그도 적잖이 당황한 눈치였다. 이내 진정하라는 듯, 한 손을 가슴 쪽에서 올렸다 내렸다 하는 제스처를 취했다. 긴장으로 시간을 낭비할 수는 없었다. 이건은 준비한 스크립트대로 말을 시작했다.

"안녕하세요. 제 이름은 하이건, 이번에 새롭게 결성된 라운드 오브레거시 팀 '펜타킬러즈'의 단장이자 대표입니다. 저희는 이스포츠 업계에서 새로운 가능성을 만들고자 창업을 결심하게 되었습니다. 저는 과거 히어로즈2077 프로 리그에서 두 차례 월드 챔피언 타이틀을 획득하며 이 문화의 중심에 서 있었습니다. 하지만 리그가 사라지고, 갑자기 일자리를 잃으며, 업계의 변화를 체감하며 그 이후 진로를 찾지 못하고 헤매고 있었습니다. 저희 '펜타킬러즈'는 단순한 게임 팀이 아닙니다. 저와 같이 좌절과 실패를 딛고 일어선 이들이 다시금 하나의 목표를 위해 달려가는 이야기이며, 이스포츠 팬들에게 희망을 전하는 플랫폼이 되고자 합니다. 보시는 자료 5페이지에 나온 것처럼, 저희는 현재 창업 초기 단계지만, 크라우드 펀딩이라는 방식을 통해 팬덤 생성 및 자금 확보, 이후 스폰서십[5] 체결과 소셜마케팅[6]을…"

이건은 떨리지만, 결의에 찬 목소리로 발표를 이어갔다. 그 모습을 사진으로 담고 있는 겨울의 손가락도 그에 못지않게 떨리고 있었다.

"자, 이제 1분 남았습니다."

"네? 아… 아직 10장 정도가 더 남아 있는데요… 네… 우선 알겠습니다. 그럼 자금 사용 계획부터 말씀드리겠습니다."

이건은 번갯불에 콩 구워 먹듯 얼버무리며 남은 발표를 마쳤다.

그 후에 쏟아진 심사위원들의 질문에선 당황하는 모습이 역력했다. 특히 창업 후 엑시트 플랜에 대한 질문이나, 숫자를 가지고 집요하게 파고드는 질문에는 제대로 된 답변을 하지 못했다.

* * *

그날 저녁.

하이건은 침울한 표정으로 돌아가는 지하철 한켠에 앉아있었다.

"형, 괜찮아. 결과는 모르는 거 아냐? 너무 자책하지 마. 5분 발표? 그건 나도 생각 못했어. 자세히 보니 처음 사업 소개 자료에

---

5 스폰서십: 행사, 활동, 개인 또는 단체를 재정적 또는 물적 자원을 통해 지원하고, 그 대가로 마케팅 권리나 브랜드 노출 등의 이익을 얻는 상호 이익적인 관계를 의미.

6 소셜마케팅: 소셜 미디어 플랫폼을 활용하여 기업과 고객이 소통하고 관계를 맺으며, 이를 통해 브랜드 인지도 향상, 판매 증진, 고객 참여 유도 등을 목표로 하는 마케팅 방식.

적혀 있었더라고. 그걸 놓친 내 책임이기도 해."

"그래도 완전 망쳤잖아. 준비한 거 절반도 못 하고 쫓기듯이 나온 거 같은데…"

이건은 고개를 저었다.

"일단 금요일에 발표라니 기다려 보자."

겨울은 위로하듯 얘기했다. 지금 그들에게 모든 일정이 계획대로 착착 맞아야 하는 것도 사실이었지만, 그렇게 되지 않는다고 앉아서 기다릴 여유조차 없었다.

* * *

애슐리 킴 기자는 메모장을 넘기고 펜을 돌리며 하이건을 바라봤다. 잠시 숨을 고른 뒤 그는 조심스럽게 질문을 꺼냈다.

"당시엔 정말 절박하셨을 것 같아요. 흔히 말하는 '무모한 도전'이 단장님의 상황이 아니었나 싶은데요? 팀은 꾸리고 운영한다고 하면 다들 이런 비슷한 상황일까요?"

애슐리 기자가 물었다.

"네, 맞습니다. 저도 몰랐는데 팀 창단이라는 게 말처럼 쉽지 않더라고요. 팀 운영비, 월급 그런 거 하나도 생각 못 하고 다 어질러 놓고 난 뒤 수습하려고 했던 거 같아요. 지금 다시 하라면 솔직히 못 할 것 같기도 합니다. 정말 무작정 사업을 시작했어요."

"그런데 어떻게 지금의 위치까지 끌어올리실 수 있었죠? 사실 다 운이었다고 말하긴 어려울 것 같은데요."

"하루하루가 편한 날이 없었어요. 잠을 못 이룰 정도로요. 저희 아버지가 뼈해장국 식당을 운영하시는데, 사업의 기본에 대한 조언을 많이 해주셨습니다. 팀 운영도 식당에 비유해서 주방, 홀, 카운터처럼 생각해보라고 하시더라구요."

"뼈해장국 식당과 이스포츠 팀 운영이 비슷하다고요?"

"네, 이렇게 설명하셨어요. 전 카운터, 주방은 감독이라고요. 넌 가게를 운영하는 것이기 때문에 들어가는 돈에 대해 기본 세팅을 하고, 월별 고정비와 변동비를 알아야 한다. 그다음은 하루 매출을 예측하고 다달이, 그리고 연간 예측을 해야 한다. 음식에 대한 건 주방장에게 완전히 맡겨야 한다. 이렇게 이야기하셨죠. 그러면서 책도 많이 추천해 주셨어요."

"그렇군요. 그런데 이야기를 듣다 보니 알게 된 건데, 팀 이름이 원래는 '펜타킬러즈'였군요? 전 전혀 몰랐습니다."

* * *

하이건은 연습실을 떠나 사무실로 올라왔다. PC 화면을 보며 뭔가 신나는 듯한 표정으로 앉아있는 겨울과 지나가 보였다.

"얼마나 재밌는 거 보길래 둘이 그렇게 웃고 있어?"

"저희가 후원자 대상으로 진행한 새로운 팀명 투표 결과가 나왔어요!"

지나는 활짝 웃으며 말한다.

"여러 이름 중에 '무적'이 최종적으로 뽑혔어요. 총 68% 선택을 얻었네요. 결과가 발표되자마자 커뮤니티에서도 반응이 엄청났어요. 다들 아이디어 좋다고 수긍하는 반응이에요. 이름 가지고 밈 만들어서 뿌리고, 저희 팬클럽 이름도 팬들이 '무적단'으로 자기들끼리 만들었어요. 해적단처럼 가보자는 의미로요. 하하."

이건은 투표 결과를 유심히 살폈다.

"무적. 영어로도 발음 그대로 MUJUK, 줄여서 MJ. 누가 벌써 로고도 만들어줬어? 정말 대단하네."

"이름 자체에 도전정신이 담겨 있잖아. 우리 팀에 딱 어울리는 이름이라고 생각해."

겨울이 옆에서 말을 보탰다.

"근데 투표에 참여한 사람이 꽤 많네. 이렇게까지 반응이 뜨거워질 줄은 몰랐어요. 이번에는 팀명을 가지고 로고랑 유니폼 디자인 콘테스트 진행할게요. 제가 또 한타지지 카페장님이랑 잘 알거든요. 거기 올리면 실력자들 넘쳐날 거에요."

"사람들이 우리를 응원하고 있다는 증거지. 우리가 잘되길 진심으로 바라는 거야."

이건은 고개를 끄덕이며 다시 한번 팀명을 입에 올렸다.

'무적(無籍)' '무적(無敵)'

"무적… 뭔가 좋다. 아무 소속이 없는 무적(無籍) 선수들이 모여 무적(無敵)이 되다. 뭔가 스토리가 좋잖아."

* * *

디올 PC방의 VIP룸 안은 여전히 하이건이 기억하는 그 특유의 냄새로 가득했다. 게임의 열기로 더워진 공기와 새어 나오는 키보드 소리들이 가득했다. 익숙한 짙은 라면 향이 공기 속에 녹아들어, 코끝을 간질이며 허기를 자극했다.

선수단은 하루에 15시간 가까이 강행군으로 연습을 진행했다. 스톤헨지와의 공개 스크림까지 2주, 첫 번째 아카데미 오픈 토너먼트가 한 달 남은 상황에서 그들에게 휴식은 사치였다. 연후의 트레이닝은 약간의 틈도 없었다. 그는 화이트보드에 세 가지 목표를 적어두었다.

아카데미 오픈 토너먼트 최단기간 1회 우승
K스파컵 진출전 우승
K스파컵 우승

"매일 오후 1시까지 반드시 출근해야 하고, 스크림, 그리고 이후 피드백 시간은 명확히 지켜야 돼. 연습 시간 외에 개인 방송은 금지다. 특히 허락받지 않은 시간에 방송을 켜는 건 절대 안된다."

그는 엄격한 트레이닝 방식으로 선수들을 압박했다. 연후의 눈빛에는 그림자가 드리워져 있었다. 한때 그를 '한국 ROL 업계의 영재발굴단', '영재발굴의 아버지'라 부르던 언론의 찬사가 무색하게, 실패의 쓴맛을 누구보다 깊이 맛본 사람이었다. RCK 프로 선수 시절 늘 하위권 팀을 전전하다 이른 나이에 은퇴를 선언했지만, 그의 근성은 광기였다. 이후 감독이 된 그는 '실력으로만 판단해 언제든지 로스터 교체'라는 파격적인 철학으로 팀을 이끌었다. 팀원들은 그의 '사이다 화법'에 환호했지만, 때론 '독재자'라며 공포에 떨었다. 그에게 '적당히'란 없었다. 승리 외에는 모든 것이 패배였다. 감독으로 잘나가던 시절, 가장 믿었던 선수의 내부 고발로 팀에게 '해고 통보'를 받으며 그의 세계는 무너졌다. 이스포츠에 대한 열정은 증오와 혐오로 변했다. 하지만 공사판에서 굴착기를 몰며 모든 걸 내려놓으려 했던 그도, 결국 다시 이스포츠판으로 돌아왔다. 어찌 보면 그것은 숙명이었다. 연후는 복귀를 결정한 후, 이건에게 숙소 주소를 받고는 어딘지 묻지도 않고 알겠다고 했다. 그리고 그는 선수들에게 다음 날 바로 짐을 싸서 들어오라는 연락을 돌렸다. 열악한 환경임을 알면서도, 새로운 출발을 이끄는 데 주저함이 없었다. 그의 오래된 신념 하나가 그 확신을 지탱하고 있었다.

'진정한 실력을 갖춘 선수라면 환경 탓을 하지 않는다.'

그는 불만을 품기는커녕, 오히려 점점 신이 나기 시작했다. 빨리 마차에 올라타 말들에게 채찍질하듯 선수들을 몰아붙이고 싶은 마음이 점점 강해졌다. 선수들의 숙소는 사실 전문 숙박시설도 아니었다. 빈 사무실 공간에 접이식 침대와 침구류가 다닥다닥 붙어있었다. 샤워 시설도 없어 건물 앞 24시간 찜질방에서 쿠폰을 사서 해결하고 있었다.

음식 문제도 비교적 원활히 해결되었다. 이건의 부모님이 운영하시는 식당에서 쓰지 않는 대형 냉장고를 보내 줬고, 밑반찬과 밥솥도 함께 준비해 주셨다. 매번 새로운 음식을 제공하기는 어려웠지만, 2~3일에 한 번씩 직접 메인요리를 해주기로 했다. 나머지는 PC방 메뉴로 보충하기로 했다.

"PC방 음식으로 끼니 때우며 연습하는 모습이라니, 진짜 내가 연습생 시절 같아."

이황태 사장은 연습실을 바라보다가 이건의 어깨를 두드리며 웃었다.

8화

달콤 쌉싸름한

 봄 햇살이 창가를 두드렸지만, 팀 숙소 안의 공기는 여전히 무거웠다. 무적은 첫 오픈 토너먼트에 참여하지 못했다. 선수 계약이 늦어졌고, 연습 기간도 턱없이 부족했기 때문이다. 하지만 2개월도 안 되는 짧은 시간 동안 크라우드 펀딩으로 예산을 마련하고, 숙소와 연습장을 갖춘 것만으로도 기적 같은 일이었다. 문제는 이제부터였다. 남은 오픈 토너먼트는 다섯 번. 기회가 적지는 않았지만, 막 첫발을 뗀 팀에게는 큰 부담이었다. 이번 대회를 놓친 아쉬움은 컸지만, 무적 팀은 '부족한 지금'보다 '준비된 다음'이 필요했다. 하이건은 디올 PC방 연습실에 앉아 오픈 토너먼트에 참여한 타 팀들의 경기를 보고 있었다.
 "이 팀, 언제 이렇게 강해진 거야?"
 이건은 화면 속의 팀플레이에 감탄하며 중얼거렸다. 그의 눈은 스크림 영상에 박혀있었고, 손가락은 무의식적으로 키보드 위를 맴돌았다. 마치 자신이 직접 경기를 뛰는 듯한 몰입감이었다. 그때, 지나가 커피 두 잔을 들고 연습실로 들어섰다. 그녀의 얼굴에는 옅은 피로감이 배어 있었다.

"단장님, 남의 팀 경기 내용에 너무 깊이 빠지지 마세요. 괜히 비교되고 불안하기만 하다니까요. 특히 선수들, 첫 대회도 못 나가서 많이 아쉬워하고 있어요. 연습실 들어오면서 표정 못 보셨어요? 다들 침울해하는데… 단장님은 너무 게임에만 몰두하시는 것 같아요."

겨울도 하품하며 사무실 안으로 들어왔다.

"그래, 지나 말이 맞아. 감독은 성적에만 집중하고, 우리는 다른 부분에 힘을 쏟자고. 진료는 의사에게, 약은 약사에게!"

"그래, 나도 선수 출신이라 사실 남의 팀 경기 내용이 자꾸 신경 쓰이는데, 앞으로는 안 그럴게. 너희 말이 맞아."

이건은 자신의 노트북에서 다른 엑셀 화면을 띄우며 말했다.

"숙소 운영, 예산 관리, 후원 유치, 마케팅… 안 그래도 운영에서 해야 할 게 너무 많다. 내가 다 하려고 했다가는 진짜 아무것도 못 할 거야."

이건은 의자에 몸을 기대며 두 사람을 바라봤다.

"그래서 우리 팀에도 체계적인 분업이 필요해. 선수 출신으로서 내 본능은 성적에 쏠리지만, 그것만 바라보며 팀을 운영할 수 없다는 걸 잘 알아."

이건은 다시 화면을 들여다보았다. 숫자와 항목이 빼곡히 적힌 표를 보며 그는 고개를 절레절레 흔들었다.

화면에는 매달 고정적으로 지출되는 비용이 정리되어 있었다.

'숙소 월세 150만 원, PC방 대여료 100만 원, 식비 150만 원… 하나하나 더하니 정말 돈이 녹아 없어지는 느낌이네.'

이건은 혼잣말로 중얼거리며 다시 한번 표를 확인했다. 팀이 유지되려면 무엇보다 수익 구조를 만들어야 했다. 크라우드 펀딩 후원금으로 당장의 운영은 가능했지만, 이것만으로는 버틸 수 없었다. 겨울과 지나가 이미 무급으로 일하며 헌신하고 있다는 사실이 계속 마음에 걸렸다.

"그럼 이제 각자 맡을 역할을 분명히 정하자. 겨울아, 너는 팀 운영과 선수들 관리에 집중해줘. 숙소와 연습 환경 같은 실질적인 부분은 네가 가장 잘 아니까."

"알겠어. 선수들 컨디션 관리도 내 몫이지?"

"그렇지. 지나, 너는 마케팅 쪽을 전담해줘. SNS 팔로워 1만 명을 초기 목표로 콘텐츠도 꾸준히 올리고. AMA[7] 세션 같은 이벤트도 정기적으로 진행하자."

"그건 제 전문 분야니까 맡겨주세요. 나중에 귀찮다고나 하지 말구요. 겨울 매니저님도 제가 요구하는 대로 선수들이 잘 호응

---

7 AMA: Ask Me Anything, 팬들과의 대화. 질문을 자유롭게 하도록 초대하고 실시간으로 답변하는 질의응답(Q&A) 세션을 활용하는 마케팅 전략.

해 주도록 옆에서 서포트 해주셔야 해요."

"나는… 수익 구조 창출에 전념할 거야. 후원 유치와 자생적 수익 모델을 만드는 게 내 최우선 과제야. 그리고 우리가 정한 목표를 이룰 수 있도록 타임라인을 만들고 전체 진행 상황을 관리할게. 나도 어설퍼서 너희 둘과는 정말 자주 얘기가 필요할 것 같아."

그는 노트북을 열어 엑셀 파일을 새로 열었다.

"이제 K스파컵 우승을 목표로 역산해서 스케줄을 짜자. 우리가 갈 길은 멀지만, 하나씩 차근차근해나가면 돼."

* * *

백연후 감독의 지휘 아래, 무적의 훈련 방식은 이전의 어떤 팀에서도 볼 수 없을 정도로 철저하고 체계적이었다.

훈련 첫날, 연후는 선수들 앞에 서서 단호하게 말했다.

"훈련을 따라오지 못하면 팀에 있을 이유가 없어. 우리는 우승을 위해 이 자리에 있는 거다. 우승 외에 '적당히'는 내게 없어. 지금 여기 쓰여있는 훈련표 잘 기억해. 단 한 번의 지각도 용서치 않는다."

이 말이 끝나자마자 곧바로 훈련 일정표가 배포되었다. 그 내용은 상상 이상으로 빡빡했다.

오후 12시 반: 팀원 전원 집합 및 준비

오후 1시 - 5시: 첫 번째 스크림 세션 (3판) 및 피드백

오후 6시 - 10시: 두 번째 스크림 세션 (3판) 및 피드백

새벽 12시 - 새벽 1시: 하루 총괄 피드백 미팅

새벽 1시 - 새벽 3시: 추가 스크림 세션 (2판) 및 피드백

새벽 4시까지: 솔로 랭크 의무 플레이

훈련의 강도는 상상을 초월했다. 연후는 첫날부터 선수들에게 자신의 기준을 명확히 보여줬다. 단 한 순간의 태만도 용납하지 않는 그의 엄격함은 선수들 사이에 긴장감을 불러일으켰다. 훈련 초기, 선수들은 연후의 방식을 따라가는 데 고군분투했다. 그렇게 2주가 지나면서부터 선수들의 피로는 한계에 다다랐다. 매일 이어지는 16시간의 고강도 훈련 일정은 선수들의 체력과 정신력을 극도로 소모시켰다. 한 번이라도 스크림에 늦으면, 엄청난 불호령과 함께 그나마 주어진 자유시간도 박탈당할 정도였다.

"야, 저 문 열려 있으니, 프로 되기 싫은 놈은 지금 당장 나가! 이럴 각오 안했으면 처음부터 오지 말았어야지."

이 말을 들은 팀원들은 더는 반박하지 못했지만, 그들 사이에 미묘한 긴장감이 형성되기 시작했다. 특히 소원은 연후의 방식에 대해 불만을 품고 있었고, 연후는 그런 선수들의 표정을 놓치지 않았다.

'힘들겠지. 하지만 이 정도도 감당 못 하면 프로는 꿈도 꾸지 마라.'

그의 머릿속에는 과거 자신이 겪었던 실패와 좌절의 순간들이 스쳐 지나갔다. ROL 프로선수 시절 안일한 태도와 나태함이 팀을 어떻게 나락으로 떨어뜨리는지, 그리고 그로 인해 자신이 어떤 비극을 맞았는지 너무나 잘 알고 있었다. 그들에게 '이기는 법'을 가르치기 위해서는 '지는 것'에 대한 공포와 '노력의 고통'을 안고 가는 법까지 먼저 알려줘야 한다고 믿었다.

'와, 뭐야 이거. 이게 무슨 쌍팔년도식 운영방식이지. 제가 뭔데 쌍욕 박아가면서 나한테 이래라 저래라야?'

자신의 플레이를 나무라는 연후 앞에서, 소원은 고개를 숙인 채 스스로에게 자문했다.

* * *

010-96××-1515

하이건은 지금 자신의 휴대폰 화면에 보이는 한 사람의 연락처를 보고 있었다.

유쓰 텔레콤 피닉스 최형우 부장.

과거 스톰브레이커즈 시절, 유쓰 텔레콤는 팀의 주요 후원사였고, 당시 "후원사 매니저"를 담당하던 최형우 대리는 선수들 곁에서 항상 현실적인 조언을 아끼지 않았다.

'이왕 팀을 운영하려면, 스폰서 유치와 수익 모델을 어떻게 설정해야 할지 배워야 해. 최 부장님이라면 분명 뭔가를 얻을 수 있을 거야.'

이건은 최형우를 찾아가기로 하고 며칠 전 무턱대고 문자와 통화로 그에게 안부를 전했다. 이제는 부장이 되어 다른 업무를 맡고 있었지만, 그는 예전만큼이나 반가운 목소리로 이건에게 바로 만남을 제안했다.

며칠 후, 이건은 유쓰 텔레콤의 본사가 있는 용산으로 향했다. 약속된 시간보다 30분 일찍 도착한 그는 로비에서 형우를 기다렸다.

"Dokdo, 정말 오랜만이다!"

형우가 밝은 얼굴로 인사를 하며 먼저 손을 내밀었다.

"부장님, 이렇게 갑자기 찾아 봬서 죄송합니다."

이건이 약간 머쓱한 듯 고개를 숙여 인사했다.

"무슨 소리야. 오히려 반갑지. 자, 올라가자. 요즘 어떻게 지내나 들어보자고."

그들은 회의실로 자리를 옮겨 앉았다. 이건은 팀을 다시 꾸리게 된 배경과 현재 상황을 자세히 설명했다.

"와, 크라우드 펀딩으로 시작했다니 대단하다. 난 최근에는 이스포츠는 거의 보지 않아. 알잖아. 대기업 인생. 한번 담당이 바꿔면 그 분야는 전혀 안 들여다보게 되는 거. 그래도 그때만큼 재밌게 일한 적이 없는 것 같다. 아무튼 대단해. 그런데… 운영비가 만만치 않을 텐데?"

형우가 날카롭게 물었다.

"네, 그래서 후원을 유치하려고 합니다. 그런데 어디서부터 시작해야 할지 잘 모르겠어요."

"음, 지금 중요한 건 네 팀의 강점과 비전을 명확히 하는 거야."

형우는 턱에 손을 괸 채로 설명을 이어갔다.

"스폰서를 설득하려면 단순히 '팀 잘 키우겠다'는 말로는 부족해. 팀의 차별성과 장기 목표를 숫자와 데이터로 보여줘야 해."

이건은 그의 말을 꼼꼼히 메모했다.

"그리고 말이야,"

형우가 커피를 한 모금을 마시며 말을 이었다.

"스폰서가 원하는 건 홍보 효과야. 네 팀이 스폰서 브랜드와 어떤 식으로 시너지를 낼 수 있는지 구체적인 아이디어를 제시해야 한다는 거지."

"브랜드와의 시너지라…"

이건은 고개를 끄덕였다.

"이건아, 내가 지금 이스포츠를 깊게 들여다보진 않지만, 이 시장이 늘 빠르게 변한다는 건 누구나 아는 사실이잖아? 너도 잘 알듯이, 후원사들에게는 항상 다른 대안이 존재해. 그러니 팀이 확실히 '투자 가치가 있다'는 인상을 줄 수 있어야 해. 그러려면 너희만의 '킥(Kick)'이 필요하겠지. 그게 뭔지 잘 생각해봐."

이건은 면담을 마치며 형우에게 깊이 고개를 숙였다.

"부장님, 정말 많은 걸 배우고 갑니다. 다시 한번 감사합니다."

"응원할게. 언제든 도움이 필요하면 연락하고."

형우는 따뜻하게 웃으며 그를 배웅했다. 이건은 돌아오는 길, 그의 조언을 되새기며 새로운 다짐을 했다.

'우리만의 킥(Kick), 그걸 찾아보자.'

* * *

무적은 드디어 4월 오픈 대회 출전을 위한 등록을 마쳤다. 팀원들은 첫 공식 대회를 앞두고 설렘과 긴장 속에서 준비를 이어갔다. 연후의 압박 스타일에 모두 지쳐갔지만, 하루하루 지날수록 확실한 성과가 가시적으로 나타나고 있었다. 특히 소원은 스크림에서 눈에 띄는 활약을 펼쳤다. 매 경기 압도적인 캐리력을 선보이며 솔로킬과 한타 대승을 연달아 만들어냈다. 그의 활약은 팀의 사기를 높이는 데 크게 기여했다. 점차 스크림에서의 성과가 나자 팀원들도 하나둘씩 자신감과 만족감을 느끼게 됐다.

한편, 하이건은 팀 단장으로서의 존재감을 꾸준히 드러내고 있었다. 지나가 기획한 AMA 세션을 통해 팀의 비전을 공유하고 팬들과 긴밀히 소통했다.

"여러분이 없었다면 이 팀은 존재하지 않았을 겁니다. 무적은 여러분의 팀입니다."

'같이 만들어가는 팀'이라는 콘셉트는 여전히 후원자와 팬들에게 뜨거운 반응을 얻었다. 이건은 세션에서 팀의 이벤트 계획 캘린더를 공개하며, 대회 준비 상황과 앞으로의 방향을 투명하게 공개했다.

모두가 피곤한 몸을 이끌고 집으로 퇴근한 새벽, 이건 홀로 남아 컴퓨터 화면을 응시하고 있을 때 겨울에게서 디스코드로 연락이 왔다.

Yuki 오늘 오후 1:31
Dokdo형, 이거.

Dokdo 오늘 오후 1:31
뭔데 그래?

Yuki 오늘 오후 1:31

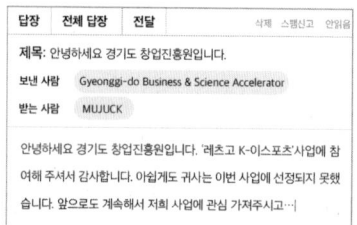

Dokdo 오늘 오후 1:32
떨어졌네. 왠지 그럴 것 같았지만, 막상 떨어지니 기분 더럽다. 아니, 기분 더러운 걸 넘어 앞이 캄캄하네.

Yuki 오늘 오후 1:33
그래. 그래도 좋은 경험이었어. 앞으로 이런 기회에 어떻게 발표 준비할 지 배우긴 했잖아.

Dokdo 오늘 오후 1:33
그러니까, 근데 어쩌지. 당장 이번 달 말부터 선수단 월급 나가야 되는데. 진짜 선수들 얼굴 볼 면목이 없다. 밥은 제대로 먹이고 재울 수는 있을까?

Yuki 오늘 오후 1:34
우선 두 달 정도는 버틸 수 있으니 그 안에 방법을 찾아보자. 나도 개인 여유돈 2천 만원 정도 있으니까 그거 쓸 생각도 하고 있었어. 부족하겠지만… 이거라도 보태야 팀이 살지. 형도 나도, 그리고 선수들도 여기까지 온 게 아깝잖아.

Dokdo 오늘 오후 1:36
아니야 Yuki. 왜 네 돈을 쓰냐. 그건 내 책임이지. 방법 찾아볼게. 말만으로도 정말 고마워.

달콤 쌉싸름한

이건은 고개를 저었다. 겨울의 선의를 이용하고 싶지 않았다. 자신의 무능함으로 인해 팀원들의 희생을 강요하는 것 같아 목이 메었다. 통장 잔고가 주마등처럼 머릿속을 스쳤다. 눈앞이 다시 캄캄해지는 기분이었다.

***

막 스크림 한 타임을 끝낸 류태헌은 자신의 사무실에서 손톱을 물어뜯고 있다. 그는 자신의 코치진, 마케팅 스태프와 이야기를 나누며 말했다.

"완벽히 짓이겨줘야 하는데…"

태헌은 중얼거리며 손으로 턱을 쓸었다. 이길 수밖에 없는 판을 만들어야 했다. 그는 아카데미 팀 선수들과 챌린저스리그 팀 미드 에이스를 조합하는 아이디어를 떠올렸다.

"좋아. 이 조합으로 충분히 압박을 줄 수 있을 거야. 만약 이기면, 그건 우리가 하이건 팀의 한계를 보여준 거고, 설사 질 가능성이 생겨도 실험적인 조합이었다는 평계를 댈 수 있지."

태헌은 내심 이 기회를 활용해 무적 팀을 철저히 짓밟고 싶었다. 어설픈 도전자의 모습을 대중 앞에서 조롱하며 자신의 팀, 스톤헨지의 강함… 아니 자신이 그보다 더 뛰어남을 증명할 수 있는 절호의 기회라고 생각했다.

스크림 장소를 스톤헨지 사옥으로 정한 이유는 단순했다. 넓고 완벽히 정비된 그곳의 규모와 분위기 자체가 무적 선수들에게 압박을 주며, '우리는 상대조차 되지 않는다'는 열세 의식을 심어줄 것이었다. 태헌은 이런 홈그라운드의 힘을 이용해 최대한의 심리적 타격을 노리고 있었다.

'이건 단순한 공개 스크림이 아니지. 그들에게 처절한 현실감으로 오줌 지리게 만들어주는 자리다.'

그는 옆에 있는 코치진에게 지시를 내렸다.

"아, 그리고 말이야. 커뮤니티에서 무적 팀 관련으로 뭔가 문제가 될 만한 거 찾아봐. 스캔들, 내부 갈등, 뭐든 좋아. 뭐라도 좀 알아놔야 할 것 같아. 저런 팀이 그냥 신데렐라 스토리마냥 모든 게 잘 진행될 리가 없거든."

담당자들은 그의 요청이 좀 어리둥절했지만, 알겠다는 말과 함께 방을 나갔다.

9화
현실자각 타임

하이건은 한국대학교 강당에서 열리는 '이스포츠 산업 콘퍼런스' 행사에 참석했다. 강연장은 이미 많은 업계 관계자들로 북적이고 있었다. 그는 벽에 달린 TV에서 스케줄표를 확인하더니 한 방으로 급히 들어간다. 100여 명의 사람들이 자리에 앉아있었고, 이미 강의는 시작된 듯했다.

[이스포츠 팀의 현재와 미래, 우리는 어디로 가야 하는가]

"이제 이스포츠 팀은 하나의 브랜드로 진화해야 합니다. 경기력은 기본입니다. 하지만 그것만으로는 팀이 장기적으로 생존할 수 없습니다. 스폰서십 세일즈[8]는 물론 팬덤에 기반한 유료 멤버십, 머천다이즈[9]…"

---

8 스폰서십 세일즈: 기업이나 단체가 상업적 이익을 목적으로 특정 행사, 스포츠 팀, 예술가, 또는 비영리 단체 등에 재정적·현물적 지원을 제공하고, 그 대가로 마케팅 권리를 확보하는 활동을 판매하는 것.
9 머천다이즈: 수익 창출을 목적으로 사고파는 모든 상품. 대표적으로 기업 굿즈.

강연자는 RCK의 인기 팀 에이플러스 게이밍의 안구철 사업 총괄 본부장이었다. 이건은 그를 모르지만, 이번 강연에 참여하기 전 그와 관련한 기사를 모두 찾아보았다. 그는 전통적인 기업 비즈니스와 이스포츠를 접목해 성공 사례를 만들어낸 장본인으로, 업계에서 탁월한 사업 감각을 인정받는 인물이었다. 그의 강의는 시작부터 흡입력 있었다. 이스포츠 팀이 단순히 경기에 참여하는 것을 넘어, 다양한 수익 모델을 통해 지속 가능한 성장을 꾀하는 방법에 대해 설명하고 있었다. 이건은 강연자의 말을 하나도 놓치지 않으려는 듯 고개를 끄덕이며 메모를 이어나갔다. 강의가 끝난 뒤, 그는 망설임 없이 본부장을 찾아갔다.

"안녕하세요, 저는 무적이라는 팀을 운영 중인 하이건이라고 합니다."

본부장은 낯익지 않은 이름에도 의아한 기색 없이 친절히 손을 내밀었다.

"무적이라… 재밌는 이름이네요. 신생팀이군요. 만나서 반갑습니다."

이건은 준비해온 대로 자신과 팀을 간략히 소개한 후 조심스레 물었다.

"혹시 명함 하나 받을 수 있을까요? 앞으로 궁금한 점이 생기면 조언을 부탁드리고 싶습니다."

"그럼요."

본부장은 흔쾌히 명함을 건넸다.

"언제든 연락하세요. 신생팀이 성장하는 과정을 돕는 건 저희도 즐거운 일이니까요."

"감사합니다. 저희는 올해 K스파컵 우승해 내년 RCK 챌린저 스리그에 들어가는 것이 목표입니다. 지금은 작지만, 반드시 성공해서 큰 무대에서 에이플러스 게이밍을 만나는 날이 있길 고대하겠습니다."

이건은 그 짧은 대화로도 자신감을 얻었다. 돌아오는 길, 그는 명함을 손에 꼭 쥔 채 스스로를 다잡았다.

'나도 언젠가는 이런 명함을 만들겠어. 우리 팀 이름을 자랑스럽게 새길 수 있도록.'

***

오픈스크림을 이틀 앞두고 무적 팀의 연습실은 살벌한 긴장감으로 가득했다.

백연후 감독은 선수들과 스크림 후 피드백 세션에서 갑자기 중단 버튼을 강하게 누르며 화면에서 눈을 떼지 않았다.

"야, 성소원, 지금 뭐 하자는 거야?"

그는 매섭게 말했다.

"10분 동안 갱 호응을 놓친 게 이번이 몇 번째야? 그리고 내가 미드 주도권 잡으라고 그 난리를 쳤는데, 이게 네가 할 수 있는 최대야?"

소원은 깊게 숨을 들이쉬며 억눌린 감정을 삼켜보았지만, 끝내 참지 못하고 입을 열었다.

"그건 상대 정글 동선이 예상하고 다르게 움직이니 우리가 연습한 거랑 꼬였으니까 당연히 변수 생긴 거죠. 매번 완벽할 수는 없잖아요."

연후의 눈썹이 단단히 찌푸려졌다. 그는 날 선 목소리로 말을 이어갔다.

"변수? 그게 네 변명이야? 프로팀이 변수 못 읽고 게임 나간다고 하면 순순히 져줄 팀이 있을 거 같아? 어림도 없어. 이딴 태도로 오픈스크림 나가봤자 스톤헨지한테 개쪽 당하고 웃음거리 되는 거 당연한 거 아냐? 정말 10분까지는 거의 모든 동작을 시나리오 A, B, C대로 외워서 움직이라고 했잖아!"

분위기는 점점 얼어붙었다. 박제성은 조용히 모니터를 응시하며 마우스를 움직이는 시늉만 했고, 전조명은 고개를 숙인 채 입을 다물었다. 소원은 더는 참을 수 없다는 듯, 강하게 소리쳤다.

"감독님, 이것도 이긴 경긴데 진짜 너무한 거 아니에요? 우리 스크림 성적 지금까지 8승 2패인데, 대체 뭐가 그렇게 못마땅한 거예요? 숨 돌릴 시간도 없이 몰아붙이는 게 무조건 이기는 방법인가요?"

연후는 비웃으며 팔짱을 꼈다.

"그래, 8승 2패. 웃기고 있다. 죄다 갓 만들어진 아마추어팀, 한 팀은 주전도 다 안 나온 리저브였는데 게네들 쉐패고, 이걸로 만족한다고?"

그는 한 걸음 앞으로 다가서며 소원을 노려봤다.

"내가 너희를 굴리는 건 이기는 방법을 알려주려는 거야. 적당히 하고 싶으면 그냥 솔랭[10] 키고 방송이나 하러 가. 난 그런 걸 가르치는 사람이 아니니까."

소원은 한순간 자존심이 상한다는 듯 얼굴이 새빨개졌고, 팀원들의 시선이 바쁘게 서로를 오갔다. 그때, 겨울이 나섰다.

"감독님, 잠시만요."

그는 조심스러운 태도로 백연후를 바라봤다.

"물론 대회를 위해 치밀하게 준비해야 한다는 건 맞지만, 지금 이 상황에서는 모두 조금 지쳐있는 것도 사실이에요. 너무 몰아붙이면 오히려 역효과가 날 수도 있지 않을까요?"

연후는 겨울의 말을 받아치는 대신 고개를 돌려 다시 팀원들을 향해 쏘아붙였다.

"지친다고? 프로 무대가 무슨 애들 놀이터인 줄 알아? 저쪽은 지금도 피눈물 흘리며 연습할 텐데, 너희는 이렇게 쉬고 싶어? 이

---

10 솔랭: '솔로 랭크(Solo Rank)'의 줄임말로, 온라인 게임에서 혼자서 랭크가 정해지는 게임을 플레이하는 것을 의미.

겨서 영광을 차지하고 싶으면 똑바로 해. 아니면 말고."

소원은 더 말싸움을 이어가지는 않았지만, 누가 봐도 얼굴은 엄마에게 꾸중을 듣는 중학교 2학년 학생처럼 불만과 분노로 가득 차 있었다. 겨울은 속으로 한숨을 내쉬며 팀원들을 하나씩 돌아봤다.

"오늘 스크림 피드백은 일단 여기까지 합시다. 마지막 스크림 다 마쳤고요. 내일 다시 계획을 조정해서 연습에 들어가는 걸로 할게요."

그는 빠르게 상황을 수습하며 갈등의 불씨를 일단 진화하려 했다. 하지만 연습실 공기는 여전히 얼어붙은 채였다.

'이 갈등을 그대로 둬서는 안 돼. 뭔가 해결책을 찾아야 해.'

겨울은 속으로 다짐하며 복잡한 마음으로 팀원들을 바라봤다.

* * *

평소와 다르게 아침 일찍부터 이건과 프론트가 분주하게 움직였다. 오늘 있을 스톤헨지와의 공개 스크림과 팀의 첫 번째 공식 유니폼이 사무실에 도착하는 날이었기에 할 일이 많았다.

이건과 지나를 비롯한 팀원들은 커다란 박스를 열어보며 긴장과 설렘을 감추지 못했다. 유니폼은 팬 디자인 공모를 통해 선정된 독특한 디자인으로 만들어졌다. 그중 절반은 팀원들과 스태프를 위한 것이었고, 나머지 절반은 골드 멤버 후원자들에게 전달될 예정이었다.

"장당 제작비만 4만 원…"

하이건이 계산서를 보며 고개를 절레절레 흔들었다. 지나는 박스 안에서 유니폼을 꺼내며 조심스럽게 말했다.

"그래도 팬들이 직접 디자인한 거니까 의미는 있죠. 그리고 이런 유니폼이 있으면 팀 이미지도 한층 더 뚜렷해질 거예요."

"응, 맞아."

이건은 지나의 말을 되새기며 고개를 끄덕였다. 하지만 유니폼을 하나씩 꺼내자마자 마주한 소재의 질감에 표정이 굳었다. 유니폼 예상보다 두껍고 덥게 느껴지는 땀복 재질이었다. 비용 절감을 위해 기능성 의류 대신 선택한 소재였다. 선수들이 유니폼을 입고 하나둘씩 모습을 드러냈을 때, 표정에는 어색함이 가득했다.

"이거… 땀이 엄청 날 거 같은데요?"

소원이 옷깃을 만지며 불만을 표했다.

"맞아, 팔 움직이는 게 좀 빡빡해."

조명도 유니폼 소매를 당겨보며 고개를 갸웃했다.

"이번엔 예산 문제 때문에 최선의 선택이었어. 대회 때 입고 사진 찍는 정도로만 활용하자. 실전에서는 우리가 편한 옷 입으면 돼."

겨울의 말에 선수들은 어쩔 수 없다는 듯 고개를 끄덕였다. 곧바로 유니폼을 입고 찍는 첫 프로필 사진 촬영을 진행해야 했다. 문제는 전문적인 촬영 장비와 공간이 없다는 것이었다. 지나가 보유한 DSLR 카메라와 삼각대, 그리고 사무실 벽면 한쪽에 붙인 배경지가 촬영 준비의 전부였다.

"조명도 없고, 대충 찍으면 너무 아마추어 같지 않을까요?"

지나가 카메라를 세팅하며 걱정스레 물었다.

"우리가 지금 가진 자원으로 해야지."

이건은 벽을 배경 삼아 위치를 잡으며 답했다.

"나중에 자금이 더 모이면 제대로 된 프로필 사진도 찍을 수 있을 거야. 일단 지금은 우리가 가진 걸로 최선을 다하자."

"다음번엔 진짜 스튜디오를 예약해서 찍을 수 있도록 준비해야겠지만, 지금은 이 정도로 만족할게요."

지나가 너스레를 떨며 맞장구를 쳤다.

출발 시간이 다가오자 다들 장비를 챙겼다. 회사 차량이 준비되어 있지 않아 택시를 나눠타고 이동했다.

어젯밤에 팀원들 전원이 참여한 가운데 라이브 방송을 통해 팬들과 소통하며, 현재 대회 준비 상황에 대해 이야기했다. 예상보다 많은 사람이 이 방송을 지켜봤고, 경기에 대한 관심이 뜨거웠다. 오늘 오픈스크림 경기는 무적팀 공식 채널은 물론 스톤헨지 공식 채널을 통해 생중계될 예정이었으며, 추가로 세 명의 인기 게이밍 스트리머들에게 동시 중계권을 제공했다.

***

스톤헨지 사옥에 도착한 무적 팀은 감탄을 금치 못했다. 7층짜리 전용 건물은 현대적인 디자인과 최첨단 시설을 자랑했다. 특히 지하에 위치한 스크림존은 토너먼트 중계를 위한 스튜디오급 장비와 좌석을 갖추고 있었다.

"와… 여기는 무슨. 스톤헨지는 완전 대기업이네, 대기업. 역시 수준이 달라."

박제성이 자신이 입은 유니폼이 약간 창피하다는 듯이 매만지며 혼잣말을 내뱉는다.

"돈을 그냥 퍼 부었구만."

소원이 비꼬듯이 말한다. 스톤헨지 직원의 안내에 따라 간단한 투어를 하던 무적팀은 로비에서 태헌과 마주쳤다. 이건은 순간 멈칫했지만, 앞으로 나서며 손짓으로 인사를 건넸다. 스톤헨지 챌린저스리그의 감독으로 나온 태헌은 위아래 완벽한 정장 차림을 하고 머리에 포마드 헤어스타일로 정리 한 채 다가왔다.

"오랜만이야, Dokdo."

그는 여유로운 미소를 지으며 인사를 건넸다. 이건은 주눅 들지 않으려 애써 침착하게 인사를 받았다. 좋은 경기 되길 바란다며 의례적인 대화를 나누었고, 무적 팀은 3층 대기실로 안내되었다. 대기실에서 감독과 선수들은 작전 회의를 다시 한번 점검했다. 긴장을 푸는 듯 서로 농담도 주고받고 했지만, 선수들의 표정에는 자신감보다는 불안감이 묻어 있었다.

"그럼 선수들 이동하실게요." 스톤헨지 매니저의 안내에 따라 선수들은 장비 가방을 챙겨 대회장으로 이동했다.

경기 무대는 지하 스크림존에 마련되었다.

뒤에서부터 들어가야 하는 구조인 이 공간의 문이 열리자 약 100명의 관객이 모여 응원하는 모습을 확인할 수 있었다. 관객들 모두 스톤헨지 옷을 입고 있었으며, 각종 응원 메시지 보드와 카메라 등을 가지고 무적 팀을 맞이했다. 기자로 보이는 일부 사람들도 카메라를 들고 그들의 입장하는 모습을 찍고 있었다.

어벙한 표정으로 무적 팀이 무대에 올라서자, 무대 중앙으로 정장을 입은 MC가 등장했다. RCK 중계에 종종 보이는 인물로 무적 선수들도 그를 쉽게 알아볼 수 있었다.

"그럼 오늘의 주인공, 포핏(4-peat)[11] 역사의 빛나는 RCK의 위대한 프랜차이즈, 스톤헨지를 소개합니다!"

열화와 같은 팬들의 응원과 함께 스톤헨지 선수들이 뒤에서 한 줄로 등장했다. 무적 선수들은 왠지 모르게 작아지는 자신들의

---

11 포핏(4-peat): 4 연속 우승을 나타내는 스포츠 용어.

모습이 부끄러운 듯, 어떻게 서야 할지 몰라 몸을 배배 꼬며 어색한 표정을 지었다. MC의 진행에 따라 양 팀은 무대에서 인사를 나누었다. 하지만 무적 팀의 선수들은 이미 압도적인 분위기에 넋이 나간 모습이었다. 경기장은 지나치게 환한 조명 아래 연출된 방송 무대였고, 그 규모와 분위기는 무적 팀에게는 생소한 경험이었다. 인사 후 바로 경기석에 앉은 선수들 뒤로 연후가 등장했다. 그는 선수들에게 긴장을 풀어주려 애썼지만, 팀원들은 극도의 긴장감에 얼어붙은 상태였다.

"긴장 풀고, 다른 스크림하듯이 똑같이 해, 알겠지?"

"…지금 이거 방송 나가는 거 맞죠?"

"그런 거 신경 쓰지 말라니까. 헤드셋 쓰고 있으니 잡념 빼고 경기에만 집중하자."

이 경기는 이미 여러 채널에 라이브로 방송이 시작되고 있었다. 경기석 앞 카메라에 들어온 빨간 불이 선수들에게는 적외선 레이저 총의 빨간 불처럼 무섭게 느껴지고 있었다.

"자, 밴픽[12] 시작하겠습니다."

레프리의 목소리가 들려온다. 이젠 돌이킬 수 없다. 이제 막 전투복을 지급받은 신병 다섯 명이 소환사의 협곡으로 원정을 떠났다.

---

1 2 밴픽: 주로 AOS(MOBA) 장르의 게임에서 사용되며, 본격적인 게임 시작에 앞서 플레이할 또는 고르지 못하게 할 캐릭터(챔피언)를 정하는 과정을 의미.

10화

홈 스위트 홈

하이건은 컴퓨터 화면 앞에서 미간을 잔뜩 찌푸렸다. 손가락이 무의식적으로 턱을 쓸었고, 그의 입에서는 마른침이 넘어갔다. 스톤헨지와의 오픈스크림 영상이 유튜브에 올라온 지 하루 만에 조회수 50만을 돌파했지만, 댓글은 칼날처럼 날카로웠다.

'이것도 프로냐? 아마추어도 이것보단 잘할 듯.'

'기대를 하는 사람이 바보 아닌가. 암튼 신데렐라 스토리들만 좋아하는 것들.'

'레인디어 최신 메타 못 따라오네, 혹시나 했는데 역시.'

"형, 너무 신경 쓰지 마. 첫 경기였잖아."

겨울이 다가와 어깨를 두드렸다.

"쉽지 않은 줄 알았지, 근데 진짜 안 쉽네… 다음 주에 아카데미 오픈 대회인데."

이건은 한숨을 쉬며 지난 밤을 떠올려 봤다.

* * *

무적은 스톤헨지 팀에게 압도당하며 두 경기 도합, 1시간도 채 되기 전에 경기가 끝났다. 첫 경기는 20분 만에 스톤헨지의 압승으로 끝나자 선수들은 점차 말이 없어졌다. 그리고 두 번째 경기도 상황은 다르지 않았다. 현장은 환호로 물결쳤고, 채팅창은 엄청난 속도로 올라갔다. 경기가 끝난 후 도망치듯 대기실로 빠져나온 선수들은 빠르게 사옥을 떠나고 싶었다. 하이건과 겨울, 지나는 선수들을 위로해 주고 싶었지만, 딱히 해 줄 수 있는 게 없었다.

그때 누군가 대기실 문을 두드렸다.

"어이, 다들 수고하셨습니다. Dokdo 우리 잠깐 볼까?"

대기실 앞으로 나온 이건에게 태헌은 약간 민망하다는 듯 뒤통수를 긁적이며 얘기했다.

"그… 우리랑 한 약속 기억하지? 패배하면 일일 알바 한다고 한 거. 지금 우리 찾아온 팬들 나눠줄 구디백 싸는 걸 깜박했지 뭐야. 일단 오늘은 늦어서 다 돌아갔는데, 내일 다시 와서 받아 가기로 했어. 그 작업을 좀 도와줄 수 있지?"

"너 지금 농담이지?"

"나도 지금 늦어서 좀 아니다 싶었는데, 콘텐츠팀이 다 이미 기획하고 기다리고 있어서 오늘 이것까지 담아서 촬영이 끝나야 해. 한 시간이면 끝날 거 같은데."

밤 11시, 무적 팀원들은 3층 대기실에 모여 종이백과 굿즈를 싸기 시작했다. 작은 스티커를 하나하나 붙이고, 사소한 포장까지 직접 손으로 해야 했다. 스톤헨지 촬영팀으로 보이는 이들이 플래시를 켜고 카메라를 들고 들어와 그들의 영상을 담아갔다. 애써 태연한 척 작업을 하는 척했지만, 선수들의 이마에서 비 오듯 떨어지는 땀까지 숨길 방법은 없었다. 포장이 끝났을 때는 이미 새벽 2시였다. 선수들은 피곤한 얼굴로 다시 택시에 몸을 실었다. 이동하는 동안 차 안은 침묵으로 가득했다.

이건은 영화 「맨 인 블랙」에 나온 그 기억삭제 장치가 간절했다. 지난밤의 기억을 지우고 또 지우고 싶었다.

***

지나는 컴퓨터 앞에 앉아 SNS 대시보드를 열심히 들여다보고 있었다. 그녀의 얼굴에는 걱정의 그림자가 드리워져 있었다. 마케팅 계획을 세우고 열심히 실행에 옮겼지만, 오픈스크림 이후 팬들의 기대는 눈에 띄게 식었다. 이대로는 처음 잡은 목표를 달성하기에는 턱없이 부족했다. 이건과 겨울은 지나의 모니터로 다가왔다. 화면에는 플랫폼별 팔로워 수와 시청자 관여도가 그래프로 표시되어 있었다.

"음… 생각보다 많이 늘지 않았네. 결국 지난 경기 실력에 실망한 팬들이 떠나는 건가."

이건이 턱에 손을 올리며 말했다.

"그래도 처음부터 이 정도면 나쁘지 않아. 우리가 아직 신생 팀이니까."

겨울이 걱정 말라는 말투로 거들었다. 지나는 고개를 저었다.

"문제는 우리 목표인 수익화로 이어지려면 갈 길이 멀다는 거예요. 팔로어 수가 의미 있는 숫자여야 스폰서에게도 할 말도 있고, 또 채널 자체 수익화도 가능할 텐데 말이죠. 제가 별로 능력이 안 되나 봐요… 슬퍼요."

세 사람은 잠시 침묵에 빠졌다. 그러다 갑자기 겨울이 눈을 반짝이며 말했다.

"잠깐만, 혹시 우리 지역 연고 팀 콘셉트는 어때? 우리가 지금 안산에 있잖아. 안산을 대표하는 이스포츠 팀으로 포지셔닝하면 어떨까?"

이건이 관심을 보이며 물었다.

"그게 무슨 말이야?"

"예를 들어, '안산의 자랑, 무적. 무적안산'이라든지 '안산을 젊음이 넘치는 이스포츠의 도시로!' 같은 슬로건을 만들어서 지역 정체성을 강조하는 거지. 지역 주민들의 관심도 끌고, 시에서도 우리를 지원해줄 가능성이 있잖아."

지나의 눈이 커졌다.

"오! 지역연고. 그래 RCK 팀 중에 일부 팀도 부산 연고잖아요. 나쁜 생각이 아닌 것 같아요. '안산 이스포츠 페스티벌' 알죠? 그 페스티벌도 벌써 올해로 3년 째에요. 시에서 이스포츠에 관심이 많더라고요. 혹시 지원 사업 같은 것도 있지 않을까요?"

"좋은 생각이야. 우리가 안산을 대표하는 팀이 된다면, 지역 기업들의 스폰서십도 받을 수 있을지도 모르지."

지나는 재빨리 노트북을 열고 안산시 홈페이지를 검색하기 시작했다.

"여기 봐요. 안산시에서 '지역 문화콘텐츠 육성 사업'을 하고 있네요. 이스포츠도 문화콘텐츠로 인정받을 수 있지 않을까요?"

겨울이 고개를 끄덕였다.

"그럼 우리가 할 일은 정해졌네. 안산시청에 가서 우리 팀을 소개하고, 지원 가능성을 타진해보자."

이건은 잠시 생각에 잠겼다가 말했다.

"그래, 좋아. 근데 우리가 안산을 대표한다는 걸 어떻게 보여줄 수 있을까?"

지나가 손뼉을 쳤다.

"아! 우리 SNS 콘텐츠를 안산 중심으로 바꿔보는 건 어때요? 안산의 명소에서 팀 활동 영상을 찍는다든지, 안산 시민들과 함께하는 이벤트를 열어본다든지."

"안산 상록수역 앞에서 팬 사인회를 여는 것도 좋겠다. '상록수처럼 변치 않는 무적 안산' 이런 키워드로 말이야."

지나는 빠르게 메모를 하며 말했다.

"이거 정말 좋은 아이디어에요! 안산의 특색을 살리면서 우리 팀의 이미지도 높일 수 있겠어요."

이건은 결심한 듯 말했다.

"좋아, 그럼 내일부터 안산시 지원 사업에 대해 알아보고, 시청 방문 일정도 잡아보자. 지나는 안산 중심의 SNS 콘텐츠 계획을 세워줘."

"네, 바로 계획 들어갑니다!"

지나가 힘차게 대답했다.

* * *

무적의 4월 대회 스케줄이 확정되었다. 64강 싱글 토너먼트 방식의 오픈 토너먼트는 모두 온라인으로 진행될 예정이었다. 풍천 라그나로스를 제외한 RCK 9개 팀의 아카데미 팀이 모두 참여하는 가운데, 긴장감 넘치는 대진표 추첨이 시작되었다.

"제발… 제발…"

겨울은 손에 땀을 쥐며 화면을 응시했다. 추첨 결과, 무적의 첫 대진은 다행히 무명 아마추어팀이었다. 팀원들은 안도의 한숨을 내쉬었지만, 동시에 긴장감도 높아졌다.

"아마추어라고 방심하면 안 돼."

백연후 감독이 단호하게 말했다.

"오히려 더 철저히 준비해야 해."

무적의 첫 경기는 이번 주 토요일 오후 1시로 잡혔다. 운영사무국의 지시에 따라 필요한 정보를 제출한 후, 팀은 다시 연습에 돌입했다.

"이제 진짜 시작이다."

이건이 팀원들을 둘러보며 말했다.

"우리가 그동안 준비한 걸 보여줄 때야."

마지막 스퍼트에 돌입한 선수들은 자발적으로 수면 시간을 줄이며 연습에 매진했다. 하루 4~5시간 수면이 일상이 되었지만, 누구도 불평하지 않았다.

"잠은 나중에 실컷 자면 돼."

필승이 농담 섞인 말투로 던졌다.

"지금은 이기는 게 더 중요해."

대회가 임박하자 선수들의 집중력은 눈에 띄게 향상되었다. 평소와는 완전히 다른 모습이었다.

"와, 진짜 다들 살아있네."

겨울이 감탄했다.

"이런 모습 보니까 나도 덩달아 힘이 나는걸?"

이건의 부모님은 특별식으로 삼계탕, 갈비찜 등을 준비해 팀원들의 건강을 챙겼다.

***

며칠 후, 팀은 안산시청을 방문했다. 문화콘텐츠과 직원들 앞에서 하이건이 프레젠테이션을 진행했다.

"안산시의 미래 산업으로 이스포츠를 육성해보는 건 어떨까요? 저희 무적이 그 선두에 서겠습니다. 우리는 안산의 젊은 에너지를 대표하고, 전 세계에 안산의 이름을 알리겠습니다."

프레젠테이션이 끝나고 질의응답 시간이 이어졌다. 시청 직원들은 처음에는 의아한 표정이었지만, 점차 관심을 보이기 시작했다.

"흥미로운 제안이네요. 구체적으로 어떤 지원이 필요하신가요?"

한 직원이 물었다. 이건은 준비해온 답변을 했다.

"연습 공간 지원, 지역 행사 참여기회, 그리고 가능하다면 운영 지원금입니다. 저희는 그 대가로 안산시의 이름을 걸고 전국, 나아가 세계 무대에서 활약하겠습니다."

미팅이 끝나고 팀은 사무실로 돌아왔다. 시청 측은 긍정적인 반응을 보였고, 추후 논의를 이어가기로 했다.

"이제 시작이에요."

지나가 말했다.

"안산의 명소들을 돌아다니면서 SNS 콘텐츠를 만들어봐요. 시민들과 직접 소통하는 모습을 보여주면 좋을 것 같아요."

겨울은 들뜬 목소리로 선수들에게 말했다.

"얘들아, 우리가 이제 안산을 대표하는 이스포츠 팀이 될 수도 있어. 무적 안산, 이름 어때?"

"그럼 우리가 안산 홍보대사 같은 거예요? 하, 제가 예전에 오버워치 시절 무려 프랑스 파리 대표팀 출신 아닙니까. 그때 홈경기 하면 진짜 프랑스 형님들 팬심 장난 아니었어요, 하하!"

제성이 기세등등한 말투로 대답한다.

"맞아, 그렇게 생각하면 돼. 우리가 잘하면 안산 시민들이 우리를 응원해줄 거야." 겨울이 대답했다.

* * *

드디어, 무적 팀의 아카데미 오픈 첫 경기 날이 밝았다. 아침 10시, 집합 시간에 맞춰 팀원들이 하나둘 모여들었다. 모두의 표정에서 긴장감과 어수룩함이 동시에 묻어났다. 특히 찬기의 얼굴은 밤을 새운 듯 피곤해 보였다. 간단히 아침 식사를 마치고 마지막 전략 점검에 들어갔다. 백연후 감독은 화이트보드에 전략을 그려가며 설명했다.

"우리의 강점은 초반 운영이야. 특히 바텀 라인의 공격적인 플레이를 중심으로 경기를 풀어나가자. 찬기, 너는 바텀에 집중해서 이득을 볼 수 있게 해."

선수들은 진지한 표정으로 감독의 말에 귀를 기울였다. 이제 그들에게는 실수할 여유가 없었다. 오픈 토너먼트는 심판 입회 하에 온라인으로 대회가 진행되었다. 정오가 되자 RCK 아카데미 운영사무국에서 연락이 왔다. PC 카메라를 켜라는 지시에 모두의 긴장감이 고조되었다. 이건은 깊은숨을 내쉬며 생각했다.

'이제 진짜 시작이구나.'

상대팀은 서울 인근 게임 아카데미 출신의 랭커 팀이었다. 1세트가 시작되고, 양 팀의 치열한 공방이 이어졌다. 무적은 8분경 바텀 라인에서 큰 이득을 보며 분위기를 가져왔고, 30분경에 대규모 한타에서 승리를 거두며 극적으로 1세트를 가져왔다. 상대 넥서스를 깬 후 서로 하이파이브를 나누는 선수들의 얼굴에는, 공식 대회 첫 한 세트 승리에 대한 다양한 감정들이 드러났다.

선수들은 승리의 기쁨을 느낄 새도 없이 식은땀이 가득한 손을 핫팩으로 말리고 있었다. 옆방에서 경기석으로 들어온 연후는 빠르게 팀을 정비했다.

"좋아, 이겼지만 실수한 부분들이 있어. 다음 세트에선 이 점들을 개선하자."

2세트에서 백찬기의 활약이 눈부셨다. 초반 두 번의 솔로킬로 경기를 주도했고, 25분 만에 상대의 항복을 받아냈다. 그렇게 첫 승리를 따냈다. 팀의 분위기는 한껏 고조되었다. 2시간의 휴식 시간 동안 모두가 다음 경기를 위해 전략을 논의했다. 32강전 상대는 고등학생 탑랭커들로 구성된 무소속 팀이었다. 개인기는 뛰어났지만, 팀워크에서 무적에 크게 밀렸다. 무적은 연습한 대로 경기를 운영하며 손쉽게 2:0으로 승리를 거뒀다.

　　이건은 기대감에 부풀었다.

　　"우리가 연습한 대로 잘 되고 있어. 이대로만 가면 돼!"

　　하지만 16강에서 만난 RCK팀 레드벨벳의 아카데미팀은 이전 팀들과는 다른 강력한 상대였다. 1세트에서 무적은 초반 우위를 점했지만, 20분경 용 한타에서 크게 지며 흐름을 내줬다. 결국 1세드를 내주고 말았다. 직후 팀원들 사이에 침묵이 흘렀다. 소원이 불만 섞인 목소리로 말했다.

　　"야, 각자 일 인분만 해 제발. 왜 자꾸 킬 내주는 건데?"

　　연후가 단호하게 말했다.

　　"그만해, 인마. 지는 것도 경험이야. 다음 밴픽은 이렇게 하자고."

　　그는 노트를 보며 밀도 있게 전략을 설명했다. 하지만 결국 무적은 2세트마저 내주며 라운드를 패배하게 됐다. 그렇게 4월 대회에서 탈락했다. 경기가 끝난 후 팀원들의 표정은 어두웠다. 이건이 무거운 목소리로 말했다.

"다들 수고했어. 아쉽지만 좋은 경험이었어."

"16강 전 보니 상대 팀들이 우리 스타일을 다 파악한 것 같아요. 다음 대회 땐 어떻게 해요?"

"맞아. 우리도 더 다양한 전략을 준비해야 해. 노출되지 않을 정도의 몇 가지 승부수가 필요해."

잠시 침묵이 흐른 후, 이건이 분위기를 추스르며 덧붙였다.

"오늘 경기는 아쉽지만, 우리에겐 아직 기회가 있어. 이번 경험을 바탕으로 더 성장할 수 있을 거야."

***

하이건이 당시를 떠올리며 말을 잇자, 애슐리 킴은 조용히 질문을 이어갔다.

"첫 대회 16강 탈락이라, 좋은 결과일 수도 아닐 수도 있을 것 같네요. 아마추어 신생팀 운영에 가장 어려운 점은 뭐라고 생각하세요?"

"아무래도 분위기를 탄다는 점 같아요. 프로팀은 여러 경험을 통해 이기고 질 때의 감정들을 잘 조절하고 평정심을 유지할 수 있죠. 반면에 아마추어팀은 분위기에 쉽게 휩쓸려요. 잘 될 때는 한도 끝도 없지만, 한번 멘탈이 무너지면 그걸 걷잡을 수가 없어요."

이건은 말을 멈추고 물을 한 모금 마셨다. 담담한 미소 속에 피로가 어렸다.

"단장님은 그럴 때 어떻게 하셨어요?"

"레인디어 감독에게 맡겼죠. 근데 사실 그게 가장 어려웠어요. 저를 성적과 분리하는 점. 프로 출신인 제게 팀의 성적은 너무나도 중요하게 느껴졌죠. 하지만 그 영역은 이미 제 손을 떠난 시점이란 걸 깨달았어요. 제가 잘하라고 압박한다고 성적이 나오는 것도 아니잖아요. 갑자기 그 선수들에게 억만금을 준다고 그게 성적으로 이어질 수 있는 것도 아니었죠. 감독의 리더십 아래 하나의 팀워크를 만드는 그 비법은 돈을 주고 살 수 있는 게 아니더군요."

그는 잠시 침을 삼켰다. 표정엔 미묘한 씁쓸함이 스쳤다.

"겸손하시네요. 그럼 레인디어 감독 아래에서 만들어진 팀워크가 큰 문제 없이 잘 이뤄진 것이 오늘의 결과를 낸 거군요?"

"큰 문제 없이… 라고 할 순 없죠. 아니 반대로, 큰 문제의 연속들이었으니까요."

11화

안산시 캘리동

"Shawn, are you crazy? Are you really going after that ridiculous dream?" (션, 너 미쳤니? 진짜 그 말도 안 되는 꿈을 좇겠다고?)

아버지의 분노 섞인 목소리가 귓가에 울렸다. 하지만 겨울의 결심은 확고했다. 프로게이머가 되고 말겠다고. 실리콘 밸리의 IT 기업 임원인 아버지와 명문대 교수인 어머니 사이에서 자란 겨울에게 '기대'라는 단어는 늘 무거운 짐이었다. 그의 유년기는 끊임없는 압박과 성취의 연속이었다. 우수한 성적으로 중학교에 다니면서도, 그에게 돌아오는 것은 더 높은 기대뿐이었다.

'왜 내 이름은 대체 겨울인 거야…'

그는 눈 한 번 내리지 않는 캘리포니아와 자신의 이름이 어울리지 않는다고 생각했다. 그는 추운 동부의 사립 고등학교로 진학이 결정되었을 때, 오히려 기뻤다. 그가 그토록 기다린 통제와 압박에서 탈출한 것 같은 기분이었다. 동부의 고등학교 생활은 처음에는 신선했지만 곧 그 자유는 방황으로 이어졌다. 학업에 대한 흥미를 잃어가던 겨울은 우연히 '히어로즈2077'이라는 게임을 접하게 되었다. 게임은 겨울에게 현실도피의 수단이었지만 동시에 자아실현의 공간이 되었다. 밤새도록 게임을 하며 실력을 쌓아갔고, 온라인 커뮤니티에 점차 이름을 알리기 시작했다. 학업은 뒷전이 되었고, 게임 속에서 진정한 자신을 찾아가고 있었다. 12학년(한국의 고3)이 되자, 겨울의 게임 실력은 프로 수준에 도달했다. 온라인 대회에서 우승을 차지하며 주목받기 시작했고, 프로팀의 스카우트 제안도 받았다. 결국 겨울은 부모 동의 없이 자퇴를 감행하고, 프로게이머의 길을 선택했다.

게임하우스에서의 생활은 고됐다. 하루 16시간 이상을 게임에 매진했고, 불규칙한 식사와 수면으로 건강도 악화되었다. 하지만 그에게는 처음으로 '자신의 선택'으로 이뤄낸 결과였다. 하지만 운명은 그를 또 다른 방향으로 이끌었다. 히어로즈2077의 갑작스러운 종료로 그의 꿈은 산산이 조각났다.

'결국 내가 틀렸던 거였나…'

절망 속에서 그는 다시 미국으로 돌아갔지만, 그곳에서도 방황은 계속되었다. 결국 한국으로 돌아와 대치동 영어 학원 강사로 일하게 되었지만, 마음 한구석에는 여전히 끝까지 해보지 못한 미련이 존재했다.

* * *

"자, 팔짱 끼고, 얼굴을 진지하게, 표정은 터프하게! 준비됐나요? 찍겠습니다!"

안산 풍력발전기 앞에 무적 팀원들이 도열해 있었다. 거대한 풍력발전기의 날개가 천천히 돌아가는 모습을 배경으로, 선수들은 새로운 유니폼을 입고 포즈를 취했다. 유니폼 왼쪽 가슴에는 안산시 로고가 크게 박혀있었다.

"찬기 표정 좋고, 날씨 좋고!"

겨울이 열심히 옆에서 바람을 잡자, 선수들의 어색함은 풀어졌고, 셔터 소리는 연이어 울렸다.

안산시와 미팅을 하고 며칠 후, 시청의 청년정책과에서 연락이 왔다. 내부 보고가 통과되었으며, 청년창업 지원금 사업으로 포함시켜 최대 1억 원까지 후원하겠다는 내용이었다. 구체적으로는 시설 지원, 소셜 콘텐츠 제작 지원, 홍보 지원, 선수 연습 환경 개선 등이 포함되어 있었다. 이에 대한 대가로, 무적 팀은 유니폼 오른쪽 가슴에 안산시 로고를 달기로 했으며, 안산시가 주관하는 이스포츠 및 게임 관련 행사에 적극적으로 참여하기로 약속했다. 연습 환경 개선의 일환으로, 무적 팀은 새로 리노베이션된 안산시 미디어 센터의 PC실을 전문 프로게이머 연습실로 개

조하여 사용하기로 했다. 팀은 한 달 후 이 새로운 시설로 입주할 예정이었다. 숙소는 현재 사용 중인 곳을 계속 유지하기로 했다. 또한, 안산시는 선수들의 품위 유지를 위해 미용실 이용 지원과 전용 차량 밴 1대를 제공하기로 약속했다.

사진 촬영을 마친 팀은 새로 꾸며진 연습실로 향했다. 연습실은 최신 스펙의 고사양 게이밍 PC와 최고급 모니터를 갖추고 있었다. 선수들은 새 장비에 감탄하며 자리에 앉았다.

"와, 미쳤네. 이거 CPU i9에 그래픽카드 지포스 5080? 모니터 주사율 240Hz… 헐, 대박."

소원이 환호성을 질렀다.

"아니, 시청 시설이 뭐 이래 스펙이 좋아? 미쳤네."

그날 저녁, 팀은 안산시청 구내식당에서 저녁 식사를 했다. 식당 직원들은 선수단을 보고 반갑게 인사를 건넸다.

"어서 오세요, 무적 선수들! 오늘은 특별히 돼지고기 수육과 보쌈을 준비했어요."

선수들은 환호성을 지르며 식사를 시작했다. 식사를 마치고 숙소로 돌아가기 위해 건물 밖을 나선 선수단 앞에 버스가 한 대 기다리고 있었다. 안산시에서 제공한 VIP용 12인 리무진 버스였다. 버스 옆면에는 크게 '안산시 공식 후원 이스포츠팀 무적안산'이라고 적혀 있었다.

"와, 이거 진짜 대박이다. 우리가 이런 버스를 타고 다니다니,

꿈만 같아."

찬기가 감탄했다.

"앞으로 안산시 대표팀에 걸맞은 대우가 있을 거예요. 하지만 이에 따른 책임도 있어요. 우리는 이제 안산시를 대표하는 팀이 된 만큼, 여러 가지 행사와 활동에 참여해야 합니다. 월 2회 정도의 안산시 행사 참여, 홍보물 촬영, 인터뷰 등이 있을 거예요."

지나가 매니저 역할을 톡톡히 해야 한다는 듯 선수들에게 설명했다. 이건은 이 모습을 보며 가슴이 뭉클해졌다. 드디어 선수들에게 제대로 된 환경을 제공할 수 있게 된 것이다.

* * *

안산시와의 후원은 업무협약(MOU) 체결식으로 안산시청에서 열렸다. 언론이 배석한 가운데 안산시의 젊은 콘텐츠 리더들을 초청해 홍보대사 위촉식을 진행했고, 팀 '무적'과의 후원 협약도 함께 체결했다.

행사 당일 많은 사람이 회의장인 오디토리움에 모였다. 협약식을 위해 한껏 멋을 낸 하이건은 한겨울, 민지나, 백연후와 함께 행사에 참석했다. 무적은 급히 안산시 로고를 가슴에 단 유니폼을 만들었고, 그를 시장님께 선물하며 협약서에 서명을 마쳤다. 수많은 플래시 세례가 끝난 후 시장님의 축사가 있었다.

이후 이건이 단상에 올라 협약에 대한 소감을 말하려는 순간, 그의 시선이 한 사람에게 고정되었다. 참석한 여러 인사 중 젊고 화려한 여성 한 명이 눈에 띄었다. 유난히 자신을 뚫어져라 쳐다보고 있었다. 행사를 모두 마치고 간단한 리셉션이 있어, 그 장소로 이동을 하는 중 한 사람이 이건에게 다가왔다.

"안녕하세요, 단장님."

그녀가 미소를 지으며 말했다. 이건은 당황한 기색을 감추려 애썼다.

"아, 네… 안녕하세요."

"저 기억하시죠? 레몬과즙이에요. 우리 한때 팀이었잖아?"

그녀가 가까이 다가와 낮은 목소리로 말했다.

"'울르로트사랑해'님 맞죠?"

이선의 얼굴이 창백해졌다. 그녀에게 풍기는 짙은 향수 냄새가 숨을 조여오는 듯했다. 그녀는 뒤로 물러서더니 눈웃음을 지으며 과장된 포즈로 말을 이었다.

"이렇게 잘 될 줄 몰랐네요! 정말 대단하세요. 앞으로도 계속 응원할게요."

이건은 간신히 미소를 지어 보였다.

"네, 감사합니다."

레몬과즙이 자리를 떠난 후, 이건은 급히 화장실로 자리를 피했다. 벽에 기댄 채 식은땀을 흘리며 진정시켜보려 했지만, 그녀의 얼굴이 점점 더 정확히 떠올랐다. 과거의 기억이 물밀듯이 밀려왔다.

***

스톤헨지 연습실에서는 류태헌이 불편한 표정으로 뉴스를 보고 있었다.

'신생팀 무적, 안산시와 후원 협약 체결… 연 1억 원 규모 지원받아.'

이를 본 태헌의 마음은 불편했다. 그는 크게 한숨을 내쉬며 자리에서 일어나 창밖을 바라보았다. 자신이 맡고 있던 스톤헨지 2군은 1군에 비해 여건이 많이 부족했다. 아무리 유명팀이라 해도 그것은 1군의 얘기였고, 2군은 상업 활동도 거의 없었다. 그런데 이름도 없는 팀이 갑자기 큰 후원을 받는다니, 마음이 편할 리 없었다.

'태헌아, 이번에 챌린저스리그 우승해서 1군 감독까지 한번 해야지. K스파컵 때 1군 섞어서 나가는 거 알지? 그때는 네가 역할을 좀 해줘야 해. 그때가 기회야.'

스톤헨지 단장과의 개인 면담 때 들었던 얘기가 머릿속에서 맴돌았다. 그런 그에게 무적의 존재는 언제나 입안에 돋은 혓바늘처럼 불편하기만 했다. 태헌은 휴대폰을 꺼내 '무적'이란 단어를 검색해 봤다. 그러다 우연히 커뮤니티에 올라온 소원의 개인 방송 클립을 보게 되었다.

[성소원 요즘 무적에 불만 많은 듯]

"아… 요즘 팀 대외 활동이 많아서 연습을 못 해요. 또 아시죠 감독님 스타일… 솔직히 농담 좀 더해서 가짜사나이 시즌3 촬영 온 것 같은 느낌? 나 볼 쏙 들어간 거 보이죠?"

류태헌은 소원의 최근 방송 클립을 보며 잠시 생각에 빠졌다. 무적 팀의 분위기가 좋지 않아 보였고, 소원의 목소리에서 불만이 느껴졌다. 그는 이것이 기회라고 생각했다.

'성소원이라… 흠…'

태헌은 잠시 고민하다가 소원의 인스타그램에서 DM 창을 열어 타이핑을 시작했다.

"안녕하세요, 소원 선수. 저는 스톤헨지의 류태헌입니다. 혹시 시간 되시면 잠깐 이야기 나눌 수 있을까요? 뭐 하나 여쭤보고 싶은 게 있어요."

12화

소원을 말해봐

"단장의 입장에서 팀의 성적, 그리고 분위기를 잡아가는 비결이 있었나요?"

애슐리 킴은 자신이 준비한 질문지를 보며 하이건에게 질문을 던졌다.

"글쎄요. 정답은 없었던 것 같아요. 그리고 제 생각대로 된 적도 없고요. 늘 문제투성이였고, 시정의 연속이었어요. 제가 '선수 입장에 있어 봐서 그나마 그 마음을 안다.' 정도만 장점이지 않았을까 싶습니다."

"선수 생활을 해봐서 그들의 입장을 이해한다. 그래서 더 선수들의 마음을 헤아린다. 이런 걸까요?"

"네, 감독의 역할과는 조금 달랐던 것 같습니다. 감독도 리더 역할을 하긴 하지만 최종 목표는 우승이니까요. 감독이 그것을 위해 존재하는 거라면, 단장은 좀 더 엄마나 아빠에 가까운 것 같아요. 선수들도 하나의 사람이고, 아직은 미성숙한 어른이죠. 그런데 하루에 15시간 이상 좁은 방에서 컴퓨터 앞에 앉아 훈련하고, 그게 쳇바퀴처럼 1년 내내 반복되니까요. 그들의 생활환경과 생각이 평범한 사람들과 같을 수 없는 게 당연하다고 생각합니다. 게다가 게임은 커뮤니티의 영향이 너무 강해서 그 역시 선수들에게는 또 하나의 세상으로 작용하죠."

"커뮤니티요?"

"네, 온라인 커뮤니티요. 이들이 접하는 세상은 숙소의 좁은 방과 모니터 속 게임 화면이 전부인 경우가 허다합니다. 친구들과 어울리거나 다양한 사회 경험을 할 기회는 턱없이 부족하죠. 이렇게 폐쇄적인 환경 속 유일하게 바깥세상과 소통하는 창구가 바로 온라인 커뮤니티입니다. 그곳에서 쏟아지는 찬사와 비난은 필터링 없이 날것 그대로 선수들의 정신에 박힙니다. 환호에는 한없이 들뜨고, 조롱에는 밤잠을 설치며 괴로워하죠. 본인의 플레이에 대한 분석과 외모 평가, 사생활에 대한 온갖 추측성 루머까지… 커뮤니티의 글은 이들에게 세상 전부처럼 느껴집니다."

"그럼 무적도 그런 위험 요소에서 자유롭지 못하셨던 거군요. 올해를 돌이켜보면, 선수단 내 이슈도 꽤 많으셨잖아요?"

"네, 그렇죠. 그래서 말씀드린 대로 저도 정답을 알고 한 게 아니라, 그냥 계속 일이 터지고 수습하기 바빴던 것 같아요. 저도 준비 덜 된 어리숙한 단장이었다고 생각합니다."

***

새벽 1시, 소원은 오랜만에 자신의 팬클럽 '소원을 마래바'와 소통방송 중이었다. 화면 속 소원의 얼굴은 피곤해 보였지만, 팬들과 대화하는 그의 목소리는 여전히 활기찼다.

"마래바 여러분, 오늘 겜 시작하기 전에 그래도 워밍업으로 입 좀 풀어야죠? 오늘은 어떤 얘기 해볼까요? 어제 솔랭 10연승 대박이었고, 후원해 주셔서 감사하고, 기분 좋고!"

소원이 분위기를 띄우려는 멘트를 꺼냈지만, 채팅창은 다른 말들도 가득 찼다.

'무적 언제 제대로 해요? 올해 포기한 거임?'

'백연후 감독 자질 없음. 탄핵해야 함.'

'소원님이 팀 홍보 다 하고 있고, 경기도 캐리하고, 고생하시는 거 같아요ㅠㅠ'

소원은 한숨을 내쉬었다.

"우리 팀 성적이 좋지 않은 건 사실인데, 그래도 우리 진짜 열심히 한다고요. 감독 얘기 좀 그만합시다. 7월 대회 때 잘할 거라니까…"

그의 말이 채 끝나기도 전에 또다시 채팅창이 도배되었다.

'감독님도 아니고 감독이래 ㅋㅋㅋ'

'소원님 솔직히 까놓고 말해요 그냥.'

'백연후 out!'

소원은 점점 흥분하기 시작했다.

"아니, 감독이라 그런 게 아니라… 감독님이… 아, 진짜 어그로 하고는. 그래, 솔직히 말하자면 나도 좀 답답해. 우리 팀 전략이 나랑 좀 안 맞긴 해. 근데 또 분위기상 말을 못 꺼내겠고."

그의 말이 새어나가자 채팅창은 더욱 열광했다. 소원은 순간 자신이 실수했다는 걸 깨달았지만, 이미 늦었다. 그는 결국 팬들과 말다툼을 벌이기 시작했다.

"내가 감독을, 아니, 감독'님'을 깐 게 아니라. 제 말 좀 들어보세요!"

방송은 점점 더 험악한 분위기로 변해갔다.

* * *

방송을 마친 소원은 막 솔로 랭크 연습을 끝낸 옆자리 제성, 조명, 찬기를 설득해서 몰래 숙소 앞 편의점 앞 벤치로 향했다.

"야, 우리 스트레스 좀 풀자. 한 잔만 하고 들어가자. 남자들끼리 한번 뭉쳐야지."

그들은 맥주캔과 오징어를 사 와 편의점 앞 테이블에서 실없는 얘기를 안줏거리로 웃고 떠들며 늦은 밤을 보냈다. 감독 욕을

하기도 하고, 자신이 캐리했던 경기를 자랑하다 보니 시간은 새벽 4시가 다 되어갔다.

"야, 너무 늦었다. 이제 들어가자. 고마워, 내 넋두리 들어주느라. 너희들도 내 나이 되면 안다. 다 같은 고민한다고. 내일은 더 잘해보자. 형이 마우스 한 번 더 클릭해서 빠릿빠릿 움직여 볼게!"

다음 날 아침, 커뮤니티에 올라온 사진과 글이 큰 이슈가 되었다.

'무적, 단합대회 한답시고 미성년자 데리고 술 처먹고 있음.'

같은 장소에 있던 누군가가 그들의 모습을 찍은 것이다. 특히 찬기는 아직 만 18세 미성년자였기에 이슈가 되었고, 이 글은 순식간에 인기글 1위로 올라왔다. 자신들의 사진과 찬기를 언급한 글을 본 소원은 순간 정신이 번쩍 들었지만, 이미 늦었다. 사진은 순식간에 커뮤니티에 퍼져나갔다.

'미성년자 선수도 술 마시다 걸림.'

'이게 프로의 자세인가?'

뉴스는 미친 듯한 속도로 퍼졌고, 연후의 귀에 들어가기까지 그리 오랜 시간이 걸리지 않았다. 그는 아침에 눈을 뜨자마자 핸드폰의 수많은 메시지와 글을 확인한 후 선수들을 1시간 내로 연습실로 집합시키고 씻지도 않은 채 합숙실로 뛰어 들어갔다.

"도대체 무슨 생각으로 그랬어! 누가 이러자고 한 거야?"

소원은 고개를 숙인 채 말이 없었다. 다른 선수들도 마찬가지였다. 그동안 무서운 스타일인 것은 알았지만, 모든 물건을 부술 듯이 다루며 소리를 지르는 연후에게 약간의 공포심마저 느껴졌다.

"당장 모두 2주간 외출 금지다. 개인 방송도 금지야. 알겠어?"

처음에 가만히 듣고 있던 소원도 개인 방송 금지라는 말에 갑자기 폭발하기 시작했다.

"개인 방송이요? 감독님, 그건 너무하잖아요! 여기가 무슨 감옥이에요? 우리가 무슨 군대 왔어요? 잘못은 할 수도 있죠. 다 제가 하자고 했어요. 워낙 분위기도 구리고 다들 지쳐있고 해서. 찬기는 술은 마시지도 않았고요. 사진 찍은 자식이 잘못이지, 우리가 뭘 그렇게 잘못했다고 그러세요?"

"뭘 잘못했냐고? 가해자가 피해자 코스프레한다더니, 아주 당당하구나? 너. 그럴 줄 알았지. 네가 범인이었어. 너 같은 놈은 이 ROL 판에서 사라져야 해. 꺼져 이 자식아."

연후의 목소리가 더욱 커졌다.

"당신 같은 꼰대 밑에서 게임하기 싫어! 내가 왜 당신 말을 들어야 하는데?!"

대화는 이 둘의 언쟁으로 변해 폭주 기관차처럼 멈출 수 없게 됐다. 점심 도시락 배달 음식을 챙겨 연습실로 들어온 겨울과 이건은 이 상황을 보고 말리려 했지만 소용없었다. 엄청난 고성이 오가며 서로를 헐뜯는 이 장면을 촬영하는 사람이 있었다. 마침 도시락 배달을 왔던 배달원이 이 광경을 조용히 듣고 있다가 휴대폰을 꺼내 조용히 동영상을 찍기 시작했다.

'무적 팀 내분 현장 포착.'

'성소원 vs 백연후, 언쟁 영상 유출.'

'안산시 공식 후원 팀의 민낯.'

동영상은 순식간에 인터넷에 퍼져나갔다. 자극적인 제목으로 각종 커뮤니티에 올라왔고, 댓글은 순식간에 수천 개를 넘어섰다. 팀원들은 동요했고, 팀 프론트 역시 SNS와 커뮤니티 댓글에 대응하느라 정신없었다.

* * *

다음날, 하이건의 휴대폰이 울렸다.

"하 단장님, 저 안산시 청년정책과 서문식 주무관인데요. 지금 무슨 일이 벌어지고 있는 거죠? 인터넷이 난리입니다. 안산시 이미지가 이번 사건으로 많이 실추된 것 같아요. 이미 시청 홈페이지에 후원 중지하라는 글들이 올라오고 있어요."

"죄송합니다. 최대한 빨리 해결하겠습니다."

전화를 끊은 이건의 이마에서 식은땀이 흘렀다. 겨우 팀을 궤도에 올려놓았다고 생각했는데, 모든 것이 한순간에 무너져 내리는 것 같았다.

"감독님, 어떻게 하면 좋을까요? 소원이랑 잘 마무리하고 사과 방송을 해서 진정을 시켜볼까요?"

하지만 연후는 고개를 저었다.

"아니야. 소원이 녀석을 데려온 게 내 실수였어. 실력은 높게 봤지만, 그 애는 언젠가 반드시 문제를 일으킬 거라고 봤어. 그 친구를 뽑은 것을 탓하려거든 그렇게 해. 하지만 팀의 구성과 성장, 목표 달성은 내 몫이라 생각해. 나를 선택한 이상 끝까지 믿어줘. 소원에 대한 책임은 내가 결과로 보상할게. 하지만 지금 나를 버려야 한다면 그 결정 역시 존중하겠어."

이건은 진퇴양난에 몰려 있었다. 안산시의 후원과 팀의 분위기 사이에서 어떤 선택을 해야 할지 고민이 깊어졌다. 겨울과 지나를 불러 의견을 묻자 지나가 먼저 입을 열었다.

"단장님, 소원 선수는 우리 팀의 마케팅 핵심이에요. 그를 보내면 팬들의 반응이 어떨지 걱정돼요."

겨울은 다른 의견을 냈다.

"저도 감독님의 방식이 마음에 들진 않아요. 하지만 선수 한 명 때문에 팀 전체가 망가지는 걸 그대로 둘 순 없어요. 앞으로 2주 후가 경기인데 감독 없이 이 5명으로 경기에 내보낼 거에요? 차라리 우승청부사인 레인디어를 믿는 게 나을 것 같아요."

이건은 깊은 한숨을 내쉬었다. 모든 사람이 다른 생각을 하고 있기에 결국 결정의 짐은 그가 지어야 했다.

"겨울아, 잠깐 나와 봐."

이건은 겨울을 데리고 옥상으로 올라갔다. 6월의 밤공기가 여전히 제법 차가웠지만, 그의 머릿속은 복잡한 생각들로 뜨거웠다.

"팀원들은 좀 어때?"

"솔직히 다들 흔들리고 있어. 특히 제성이나 조명이는 소원이 형이랑 같이 어울렸던 만큼 더 충격이 큰 것 같아. 당장 어제 일 때문에 연습 분위기도 최악이고… 다들 불안해하고 눈치 보는 분위기야. 찬기 같은 경우는 아직 어리니까 이번 일로 엄청 위축되어 있고. 소원이랑 감독님 사이에 계속 이런 일이 터지니까, 팀 자체가 불안정하다고 느끼는 거지."

"솔직히 말해봐, 네 생각은 어때? 지나 말처럼 소원이가 마케팅적으로 중요하단 건 나도 알아. 하지만 지금 네가 선수들과 훨씬 더 많은 시간을 보내왔고, 또 감독과 소원의 성향도 잘 알잖아. 그 둘 사이에 불화가 있었던 게 하루 이틀도 아니고."

한겨울은 잠시 침묵하다 입을 열었다.

"형, 레인디어 방식에 나도 불만이 없는 건 아니야. 너무 강압적이고 선수들과 소통하는 방식도 미숙하거든. 근데, 지금 가장 중요한 건 팀의 기강이라고 생각해. 소원이는… 솔직히 너무 자유분방해. 그게 매력이 될 수도 있지만, 지금처럼 팀이 위기에 처했을 때는 독이 되는 거 같아. 미성년자 음주 의혹에, 감독님과의 언쟁이 고스란히 찍혀 나갔어. 우리가 앞으로 프로팀이 되려면 프로팀 같이 행동을 해야 하는데, 안산시가 볼 때 소원의 존재는 독특함이 아니라 시한폭탄에 가까운 거 같거든."

"나도 그렇게 생각해. 안산시 지원금이 끊기면 당장 팀 운영 자체가 어려워져. 우리가 겨우 여기까지 끌어올린 건데, 한순간에 무너뜨릴 수는 없어. 게다가 감독으로 레인디어를 믿고 있잖아. 그가 말했어. 자기 선택을 믿어달라고. 2주 후 경기까지 감독 없이 이 선수들을 끌고 갈 수는 없어."

"맞아. 지금은 팀을 안정시키는 게 최우선이지. 감독님의 리더십을 다시 세워야 하고, 선수들에게도 프로 의식을 다시 심어줘야 해. 소원이가 남아 있는 한, 이런 잡음은 계속될 수밖에 없을 거야. 냉정하게 들릴지 모르지만, 팀 전체를 위해서라도 성소원은 정리하는 게 맞다고 생각해. 물론 팬들의 반발이 심할 거야. 하지만 장기적으로 봤을 때, 이게 팀이 살아남는 유일한 길인 것 같아."

"그래… 너도 그렇게 생각하는구나. 나도 같은 생각이야. 누군가에게는 비정하겠지만, 팀을 위한 최선의 선택이겠지. 그리고 지금은 극약처방이 필요한 때인 것 같네."

그의 표정은 비장해졌다.

"좋아. 겨울아. 우리 결정하자. 성소원을 내보내는 걸로."

* * *

성소원의 퇴단 소식은 팀에 생각보다 더 큰 충격을 안겨주었다. 팬들의 반응은 예상대로 폭발적이었다.

'소원아 돌아와.'

'무적 실망이다.'

'단장 독재자냐.'

비난 댓글이 쏟아졌다. 후원사에서도 조심스러운 문의가 이어졌고, 팀 분위기는 급격히 침체되었다. 연습실에는 싸늘한 정적이 흘렀다. 소원과 친했던 제성과 조명은 침묵했고, 찬기는 불안한 눈빛으로 눈치만 살폈다. 백연후 감독은 평소처럼 강도 높은 훈련을 지시했지만, 선수들의 집중력은 흩어진 상태였다.

"야, 너희 지금 뭐 하는 거야! 프로가 감정 조절도 안 돼?"

연후가 언성을 높였지만, 평소처럼 먹히지 않았다. 선수들은 여전히 무기력했다.

"이런 정신 상태로는 K스파컵은 커녕 다음 주 아카데미 대회도 못 이겨!"

이건은 선수들의 이런 모습을 보며 마음이 아팠다. 자신이 내린 결정이 팀에 독이 된 것은 아닌지 자책감이 들었다. 그는 선수들을 불러 모아 진심을 담아 이야기했다.

"미안하다. 내 결정이 너희에게 혼란을 준 것 같아서. 하지만

나는 팀이 더 높은 곳으로 가기 위해 어쩔 수 없는 선택을 했다고 생각해. 소원이의 빈자리가 크다는 건 나도 잘 알아. 하지만 우리에겐 아직 기회가 남아 있어. 너희가 흔들리면 안 돼."

밤늦게까지 연습이 이어지던 어느 날, 찬기는 평소와 달리 자꾸만 손가락이 삐끗하며 실수를 연발했다. 연후의 날카로운 피드백이 귓가에 꽂혔지만, 그의 머릿속은 온통 스마트폰 화면에서 봤던 커뮤니티 댓글들로 가득했다. '미성년자 음주 실화냐?', '무적팀 수준 떨어진다', '찬기 때문에 팀 망할 듯'. 그는 연습 도중에도 몰래 스마트폰을 확인하며 새로고침을 반복했다. 자신을 비난하는 댓글들이 늘어날수록, 찬기의 심장은 불안감에 더욱 거세게 요동쳤다. 훈련이 끝난 후, 이건이 사무실에서 서류를 정리하고 있을 때였다. 조용히 문이 열리더니 찬기가 고개를 숙인 채 들어섰다. 그의 눈은 빨갛게 충혈되어 있었고, 어깨는 축 처져 있었다.

"단장님… 저 때문에 팀이 이렇게 된 거죠? 죄송합니다. 제가… 제가 다 망친 것 같아요."

찬기는 흐느끼기 시작했다. 이건은 조용히 그의 어깨를 감싸 안았다. 찬기의 어깨가 이건의 손안에서 미세하게 떨리고 있었다.

"아니야, 찬기야. 네 잘못 아니야. 모든 건 내가 책임질 일이야. 넌 그저… 너무 불안해하지 말고 경기에만 집중하면 돼."

하지만 찬기는 고개를 들지 못했다.

"하지만 팬들도, 안산시도… 다 저 때문에 등을 돌리면 어쩌죠? 저… 저 그냥 팀에서 나갈까요? 제가 없으면 팀이 다시 괜찮 아질까요?"

그의 목소리에는 깊은 절망감이 묻어 있었다. 이건은 찬기의 떨리는 손을 잡아주며 아무 말 없이 어깨를 두드려 주었다.

한편, 연후와 이건은 잠을 줄여가며 새로운 미드 라이너를 찾아 나섰다. 여러 아마추어 랭커들에게 연락하고 오디션을 제안했지만, 팀 내 분위기와 연이은 악재 탓에 쉽사리 합류하겠다는 선수가 없었다. 이미 인터넷에는 '무적팀 해체 위기'라는 기사가 퍼져나가고 있었다. 이건은 돌파구가 없는 현실에 책상에 고개를 묻었다. 그때, 연후에게 연락이 왔다.

"혹시 홍승헌이라고 아냐? 한때 '제2의 쉐이커' 소리까지 들었던 유망주인데, 최근에 라그나로크 챌린저스리그팀 해체되면서 시장에서 나왔다고 하더군. 내일 연락해 볼까 하는데, 단장 도움이 조금 필요할 수도 있겠어."

이건의 눈이 번뜩였다.

13화

뉴 미드, 뉴 비즈

잠시 예전 생각에 잠겨 있던 하이건의 앞에는 이황태 사장이 앉아 있었다.

"무슨 생각을 그렇게 골똘히 해?"

"아, 아니에요…"

"팀 운영 만만치 않지? 네가 팀 만들기 전에 나를 만났다면 내가 두 손 들어 말렸을 거야."

"하하… 참 힘이 나네요."

"근데 말이야."

황태의 눈빛에 어떤 감정이 실려 있었다.

"사실 처음에는 너희 팀을 그저 한여름 밤의 꿈 같은 애들 장난 정도로만 생각했어. 하지만 지금은 달라. 너희가 만들어가는 과정을 보면서, 내가 이루지 못했던 꿈을 누군가가 다시 도전하는 모습에 열정이 되살아나는 걸 느낀다."

"정말요? 저 그 말 듣는 것만으로 감동이에요. 누군가 제 진심을 알아주니 그게 큰 힘이 되네요. 특히 사장님이 그렇게 말씀해 주시니…감사합니다. 그런데요 사장님, 혹시 이 업계에서 성공한 사례가 있을까요? 그럼 비결이 있다면 꼭 배우고 싶어요."

황태는 잠시 생각에 잠겼다가 말했다.

"글쎄, 완벽한 성공 사례를 찾기는 어렵겠지만… 에이플러스 게이밍이 꽤 괜찮은 모델이 될 수 있을 거야."

이건의 눈이 반짝였다.

"에이플러스 게이밍이요? 얼마 전에 세미나에서 안구철 본부장님을 만났는데, 사장님이 보시기에도 그래요?."

"그래, 그분에게 다시 연락해 보는 것도 좋은 방법이겠어. 많은 것을 배울 수 있을 거야."

* * *

"어서 오세요, 하이건 씨. 그때 한번 뵙고 두 번째네요. 솔직히 다시 연락해 주셔서 놀랐어요."

이건은 고개를 숙여 인사했다.

"안녕하세요, 본부장님. 귀중한 시간을 내주셔서 감사합니다."

안구철 본부장의 눈빛에서 이건은 깊은 내공을 느낄 수 있었다. 그는 에이플러스 게이밍의 모든 스폰서십과 사업을 관장하고 있는 인물이었다. RCK를 포함한 4개 리그의 팀 사업, 네이밍 스폰서십, 머천다이즈, 아카데미, PC방 등의 사업을 모두 일궈낸 사람이었다.

"하 단장님, 실례가 되지 않는다면 무적 팀의 현재 상황에 대해 간단히 설명해 주시겠어요?"

안구철 본부장이 물었다. 이건은 잠시 숨을 고르고 말을 이었다.

"네, 저희는 현재 ROL 팀을 운영 중이구요. 저희는 현재 아카데미 리그에서 우승해 K스파컵 진출권을 확보하는 것을 목표로 하고 있습니다. 그리고 K스파컵에서 우승해, 최종적으로는 RCK 챌린저스리그에 참여하는 것이 저희의 큰 목표입니다. 저를 포함해 감독과 선수들이 모두 각자의 사연이 있고, 또 실력도 있어 현재 커뮤니티에서 많은 지지를 받는 상황입니다. 사업적으로는 크라우드 펀딩으로 초기 사업자금을 모아 시작했고, 이후에는 안산시의 후원을 받고 있습니다. 하지만 아직 실질적인 수익 모델은 없는 상황입니다."

안구철 본부장은 고개를 끄덕이며 말했다.

"그래도 초기에 많은 경험을 갖추신 게 느껴지네요. 저는 이스포츠를 변형된 스포츠 엔터테인먼트 사업으로 봐요. 그리고 이 사업은 두 가지로 나눌 수 있어요. 팬들이 직접 돈을 내느냐, 아니면 팬들의 수를 보고 광고주가 돈을 내느냐. 맞죠?"

이건은 얼떨결에 고개를 끄덕였다.

"하지만 이스포츠는 일반 스포츠와 다른 점이 있어요."

안구철 본부장이 계속해서 설명했다.

"스포츠 사업이라면 홈구장이 존재하고 그 안에서 티켓, 유니폼, 음식을 팔면서 수익을 창출합니다. 하지만 이스포츠는 홈구장이 없어 이 모든 걸 제대로 하기 어렵죠. 가끔 하는 팬미팅 티켓이나 온라인으로 파는 유니폼이 대부분이에요. 그러니 팬들이 직접 돈을 내게 하는 게 어렵다는 거죠. 따라서 광고주에게 의존하는 시스템이 돼버렸어요."

이건은 이 말에 깊이 공감했다. 무적 팀도 비슷한 고민을 하고 있었기 때문이다.

"그런데 그게 그렇게 단순하지도 않아요. 왜냐하면 광고주 기업의 의사결정자들은 게임이나 이스포츠를 잘 모르시죠. 때론 싫어하기까지 해요. 또, 프로스포츠에서는 중계권 판매를 통한 이득 배분도 있지만, 이스포츠는 그렇게 되려면 아직 갈 길이 멀죠."

이건은 이 말을 듣고 깊은 한숨을 내쉬었다. 그가 겪고 있는 어려움을 정확히 짚어주는 말이었다.

"결국 정답은 단순 '리그 비즈니스'를 해서는 먹고 살기 어렵다는 거에요."

안구철 본부장이 강조했다.

"그래서 게임 시장에 얽혀있는 모든 기회를 다 시도해봐야 해요. 팀 유튜브 채널 키워서 수익화, 자체 머천다이즈 판매, 게임

교육이나 학원 사업까지 다 하는 이유가 별 게 아니랍니다. 정말 살아남기 위해서예요. 물론 가장 중요한 건 팀의 실력, 그리고 우승이고요."

이건은 이 말을 듣고 자신의 팀이 얼마나 초보적인 단계에 있는지 새삼 깨달았다.

"지금 회사 매출이 어떻게 돼요?"

안구철 본부장이 물었다. 이건은 머뭇거리며 대답했다.

"아까 말씀드린 안산 후원뿐입니다. 연 최대 1억 원 정도의 지원입니다."

안구철 본부장은 잠시 생각에 잠겼다가 말했다.

"보통 시에서 주는 비용은 현물지원이 많은데 현금은 얼마나 되죠?"

"음… 최대 4천만 원인가 그렇고, 매달 선수 품위유지비 격으로 500만 원인가 줄 거에요. 제가 정확한 것까지는 잘…"

"그럼 회계사 통해 회사 기장은 하고 있나요?"

"네? 그게 뭐죠?"

이건은 점점 알아들을 수 없는 말이 많아짐을 느끼며 아이같이 어설픈 자신의 모습에 어디로 숨고 싶은 심정이었다.

"아직은 갖춰갈 게 많은 단계군요. 괜찮습니다. 저도 처음에는 다 비슷했어요. 오히려 '무적'처럼 이렇게 짧은 시간에 좋은 성장성을 가진 회사는 많지 않으니까요. 지금 무적에게 필요한 건

세 가지예요."

이건은 그의 말에 눈이 번쩍 뜨였다.

"첫째, 우승입니다. 아무리 마케팅이 좋고 인기 좋은 팀이라고 해도 '지는 팀'은 성공이 불가능합니다. 이기는 팀을 만드세요. 둘째, 같이 성장하는 코어 팬 1만 명을 모으세요. 그럼 어떤 사업을 해도 이들이 든든한 지원군이 될 겁니다. 셋째, 현금이 포함된 스폰서십을 꼭 유치해보세요. 그 과정에서 자신의 팀이 가진 자산의 가치를 파악하고 스폰서에게 설득하는 연습이 가미될 거에요. 이 세 가지를 목표로 삼고 노력한다면, 반드시 성공의 기초를 닦을 수 있을 거예요."

이건은 안구철 본부장의 말을 노트에 빠짐없이 적었다. 그리고 그 글에 동그라미를 치며 머릿속에 되뇌었다.

'1) 우승, 2) 1만 명의 팬, 3) 현금 스폰서십.'

* * *

백연후와 하이건은 한 고급 오피스텔 로비에서 홍승헌을 기다렸다. 잠시 후, 말끔한 정장 차림의 남자와 부부로 보이는 두 명의 남녀가 모습을 드러냈다.

"안녕하세요, 무적팀 단장님과 감독님이시죠."

정장 차림의 남자가 고개를 숙였다. 그가 건넨 명함에는 큼지

막하게 '골든 로드 코퍼레이션, 김영훈 과장'이라고 적혀 있었다.

"네, 안녕하세요. 무적 단장 하이건입니다. 급하게 연락드렸는데 나와주셔서 감사합니다. 옆에 계신 분들은 혹시 선수 부모님이신가요?"

중년의 남녀는 그의 말이 맞는다는 듯 목례로 인사를 대신했다.

"무적 팀의 최근 행보 잘 보고 있습니다. 저희는 승헌이가 최소 연봉 5천만 원에 인센티브 별도 계약을 보장하는 팀을 원합니다. 그리고 승헌이의 방송 활동에 대한 자유로운 권리도요."

연후의 눈빛이 순간 흔들렸다. 이건 역시 차마 답변을 내놓지 못했다. 그들이 제시한 조건은 팀으로서는 도저히 감당할 수 없는 수준이었다. 홍승헌의 어머니가 한숨을 쉬며 말했다.

"우리 애가 팀 옮기면서 얼마나 고생이 많았는지 아세요? 정말 누구보다 성장할 수 있는 애가 팀을 잘못 만나서 그렇게 힘든 시간을 보냈어요. 전 또 없어질 팀에 애를 보내고 싶지 않아요."

이야기를 더 나누어보았지만 이건과 연후는 홍승헌의 얼굴조차 보지 못한 채 빈손으로 숙소로 돌아왔다. 다음 대회까지 단 일주일 남은 상황에서, 팀은 또다시 미드 라이너 공백이라는 치명적인 위기에 제대로 연습조차 할 수 없었다.

"그래도 선수 얼굴이라도 볼 줄 알았는데, 벌써 에이전트라니… 우리가 프로선수 영입을 너무 쉽게 생각했나 봐요."

"내가 선수 하던 시절엔 이딴 거 없었는데, 요즘은 데뷔도 전에 에이전트 계약을 한다더군. 참내 웃기는구먼. 아 그래도 홍승헌이 오면 딱인데… 정말 방법이 없는 건가. 그 친구 분명 뛰고 싶어서 난리일 텐데."

성소원의 이탈로 인한 팬들의 비난 여론은 여전히 거셌고, 백찬기마저 몸살로 쓰러졌다. 팀 분위기는 얼어붙었고, 선수들은 서로의 눈치만 보고 있었다. 마치 뼈대만 남은 집처럼, 팀은 언제든 무너져 내릴 것 같았다. 사무실 안 화이트보드 앞에 선 이건은 고개를 떨궜다. 그가 힘들게 빚어 올린 '무적'이라는 이름이, 지금은 마치 갈 곳 잃은 자신들의 처지를 비웃는 것만 같았다.

하지만 지금까지 그래왔듯이 선수 수급은 백연후 감독에게 맡겨야 했다. 그의 직관적인 본능과 목표를 위해 어떻게든 방법을 찾아내는 능력이 이번에도 꼭 발휘될 것이라 믿어야 했다. 이건은 늦은 밤, 불 꺼진 연습실의 차가운 공기 속에서 홀로 굳어 있었다. 눈앞의 화이트보드, 붉은색 글자가 그의 시야를 압박했다.

'D-7'

남은 시간은 단 일주일. 텅 빈 미드 라이너 자리만큼이나 그의 가슴도 공허하게 비어 있었다.

14화

판도라의 상자

"또 거절이야?"

겨울이 소파에서 몸을 비틀며 일어났다. 지나는 이메일을 확인하며 스폰서에게 거절당한 소식을 하이건과 겨울에게 전했다.

안구철 본부장과의 대화에서 받은 미션 중 팀 운영의 핵심 자산인 현금 스폰서십 유치가 가장 큰 과제로 남아 있었다. SNS의 구독자 수 증가는 순조롭게 진행되고 있었지만, 스폰서십 유치는 여전히 막막한 상태였다. 그들은 지난 몇 주간 여러 브랜드와 접촉해 봤지만, 대부분 구체적인 제안으로 이어지지 못해 진전이 없었다. 설령 그들이 제안한 제품 협찬도 팀에 실질적인 도움이 될지는 의문이었다.

"지난주에 접촉한 올스포츠웨어에서 답신이 왔어. 소량 제품 협찬은 가능하지만 현금 지원은 어렵대."

이건은 미간을 손가락으로 문지르며 말했다. 지나는 통계 자료가 가득한 태블릿을 들어올렸다.

"우리 팀 SNS 총 팔로워 수가 15만을 넘었어요. 뷰어십[13]도 컨텐츠 총합은 한 달에 250만 뷰가 나오고요. 인플루언서 마켓 기준으로 한 달 광고 단가는 500만 원 이상이에요."

이건의 눈썹이 파르르 떨렸다.

"그게 실제 현금으로 이어질 수 있다고?"

"유튜브, 인스타, 틱톡 플랫폼별로 수익화 모델이 다르긴 하지만요. 제가 말한 단가는 보통 유튜버들이 롱폼 리뷰 영상에 PPL을 넣는 그런 예를 말한 것에요… 이스포츠는 좀 다를 순 있죠."

지나가 설명했다.

"그래… 모르는 건 아닌데, 문제는 고양이 목에 방울을 누가 거느냐는 거야. 누가 그걸 팔 수 있겠냐고… 적어도 우리 셋은 그게 주무기는 아니잖아?"

***

연후의 머릿속은 복잡했다. 시간에 쫓기며 사방에 선수 수급을 위해 연락해 잠재적인 선수를 만나 얘기를 나눠봤지만, 그 누구도 맘에 들지 않았다. 마음속 한켠엔 홍승헌에 대한 아쉬움이

---

[13] 뷰어십: 보는 사람의 수를 뜻하는 영어 'viewership'에서 온 말로, 주로 방송, 미디어, 인터넷 콘텐츠에서 시청자 또는 이용자들의 총수를 의미.

그를 계속 붙들고 있었다.

마지막 희망을 품고 다시 홍승헌의 에이전트에게 전화를 걸었다. 무적 팀이 제시할 수 있는 최적의 조건과 팀의 비전을 밤새도록 다시 가다듬어 준비했다.

"안녕하세요. 과장님, 제가 말주변이 좀 없어서 이해 부탁합니다. 염치없지만, 마지막으로 한 번만 더 고민해 주실 수 없을까요? 저희는 승헌 선수의 잠재력을 믿습니다. 지금 당장 큰 연봉은 어렵지만, 저희 팀이 RCK 챌린저스리그에 진출한다면, 저희 모든 수익의 일부를 선수들에게 인센티브로 지급하는 방식을…"

김영훈 과장은 연후의 말을 가로막았다.

"감독님, 제가 다른 제안을 드리죠. 무적 팀이 다음 주 챌린저스 아카데미 대회에서 우승을 하시면, 저도 승헌 선수 부모님께 다시 진지하게 얘기해 보겠습니다. 물론, 그때도 저희가 제시한 연봉 조건은 변함이 없을 겁니다."

연후는 전화를 끊었다. 미드 라이너도 없는 팀이 대회에서 우승한다는 것은 불가능했다. 그는 선수 한번 만나지 못하고 이 대화를 끝낼 수는 없었.

다음 날 아침, 연후는 이건을 불러내 함께 승헌의 집을 찾아갔다. 주변 동료를 통해 집 주소를 알아내고 무턱대고 찾아간 것이기 때문에 문전박대를 당할 각오를 하고 갔다. 하지만 예상과 달리, 홍승헌이 직접 문을 열었다. 그의 얼굴에는 살짝 그늘이 져 있었다.

"승헌아, 아침부터 누구니? 어머, 당신들. 김 과장님이 에이전트 없이 만나면 안 된다 했어요. 승헌아 문 닫아라. 어머 어떡하지?"

"엄마… 근데 저 한 번만 이분들하고 얘기 나눠보면 안 돼요?"

잠시 후 그들은 승헌의 집 거실에 둘러앉았다. 연후는 뭔가 보여주려는 듯 준비한 자료를 종이로 준비해 꺼내려 했다.

"단장님… 감독님… 제 에이전트와 부모님께서 반대하시는 걸 압니다. 근데 최근에 제가 생각 많이 해봤는데요. 저 정말 선수로 무대에 서고 싶어요."

홍승헌은 세수도 하지 않은 부스스한 얼굴이었지만 눈빛만큼은 간절했다.

"지난 며칠간, 무적 팀의 연습 영상을 밤새도록 돌려봤습니다. 그리고 감독님과 단장님이 저를 만나러 오셨다는 소식을 들었습니다. 이렇게까지 저를 믿어주신다면, 저는 제 모든 것을 걸고 뛰고 싶습니다. 연봉… 당장은 중요하지 않습니다. 저는 다시 최고가 되고 싶습니다."

연후는 이건을 잠시 쳐다보았다.

"어 그래. 나도 너 경기 잘 지켜봤어. 피지컬 하나는 인정한다. 운영이고 상황판단이고 다 빼고, 왜 네가 유망주 소리 들었는지 알겠어. 너 그래도 1부 판에 얼굴 좀 비춘 선수인데, 우리 팀에서 적응 잘하겠어? 네가 진짜 진심이고 한 번 더 도전하고 싶다면

같이 한번 해보자. 난 모두에게 동일하게 얘기하는데, 나는 이 팀에 우승하러 왔어. 그래서 그런 선수만 뽑고 있고."

"감사합니다, 감독님! 단장님! 팀에 대해 소문 많이 들었어요. 그리고 특히 라그나로스 챌린저스리그팀 자리를 다시 원하신다면 제가 꼭 기여를 하고 싶습니다."

이건은 미소를 지었다.

'Gaon' 홍승헌.

한때 그의 이름은 대한민국 이스포츠 팬들의 입에 오르내리는 화제의 중심이었다. 전 국민의 관심을 한 몸에 받았던 대국민 ROL 오디션 프로그램 '프로듀스 히어ROL'의 초대 우승자였던 그는, 쉐이커의 뒤를 이을 RCK의 차세대 미드 라인 유망주로 주목받았다. 프로그램 우승 이후, 바로 프로팀 계약을 하며 장밋빛 미래를 그리던 승헌의 커리어는 예상외로 순탄치 않았다. 세 개의 팀을 거치는 동안 그가 출전한 경기는 고작 다섯 번. 1승 4패라는 초라한 성적은 그를 점점 팬들의 기억 속에서 밀어냈다. 한때 'RCK의 미래'라 불리던 그는 이제 '실패한 유망주'라는 꼬리표를 달고 다녀야 했다.

마지막으로 몸담았던 RCK 라그나로크의 챌린저스리그팀이 해체를 선언하자 그는 한순간에 직장을 잃게 됐다. 승헌은 3년간의 방황으로 인해 약간의 그늘이 있었지만, 여전히 강직하고 리더십 있는 성격을 지니고 있었다. 연후는 아직 어리고 정신적으로 단련되지 못한 팀원들 사이에서 그가 중심을 잡아줄 수 있을 것이라 믿었다. 특히 그의 승리에 대한 갈망이 자신과 닮아서, 팀에 완전히 헌신할 것이라고 판단했다.

"함께해 보시죠. 어머님, 제가, 아니 저희 무적 팀이 아드님과 함께 성장하는 모습 지켜봐 주세요. 그동안 못 피운 꽃 이제 피울 수 있게 만들어보겠습니다."

* * *

안산의 한 PC방.

평일 낮 시간이라 한산한 PC방 내부 구석에서 한 남자가 열변을 토하고 있었다. 하이건은 천천히 그곳으로 다가가 그 남자와 눈을 마주쳤다. 이건과 눈이 마주친 남자는 손가락으로 '잠시만요' 사인을 보내며 고객으로 보이는 남성과 말을 이어가고 있었다.

'이 사람이구나.'

"박 대표님, 이 모니터가 프로게이머 10명 중 7명이 선택한 이유를 아시나요?"

그의 손가락이 스펙 시트를 탁탁 두드렸다.

"0.1ms의 차이가 킬 캐치를 결정합니다."

그는 화이트보드에 'FPS 240Hz'와 '응답 속도 0.5ms'를 강조하는 차트를 그리고 있었다. 그 제스처 하나에 수십 번의 프레젠테이션 경험이 묻어났다. 미팅을 마친 후 그는 PC방 사장과 계약서에 서명하는 듯 보였다. 그리고는 이건에게 다가왔다. 위아래로 말끔하게 정장을 입은 채 우디 향을 풍기는 그는 명함을 한 장을 건네며 인사했다.

"아이고, 우리 Dokdo님! 영광입니다. HGL 2023년 결승전 2경기, 당시 유럽의 C2를 상대로 Dokdo 선수의 한타 플레이는 압권이었죠."

"어, 그걸 어떻게…?"

이건은 놀람과 동시에 그가 준 명함을 쳐다봤다.

'김새일 매니저 | KSI - 경기동부 PC방 총괄 세일즈'

"안녕하세요, 김새일이라고 합니다. 이래 봬도 저 당시 PJ 프로스트 히어로즈 2군 서포터였습니다."

카페테라스로 자리를 옮긴 두 사람 앞에, 새일의 노트북이 열렸다. 엑셀 시트에는 5년간의 매출 추이가 꺾은선 그래프로 빼곡히 차 있었다.

"월평균 300대 판매, 작년 매출 45억! 이게 제 작년 실적입니다! 그리고 지난 5년간 한 번도 매출 성장이 없었던 해가 없죠."

"이황태 사장님께 얘기 많이 들었습니다. 혹시 저희와 함께 일해보고 싶은 생각 없으세요?"

단도직입적으로 제안을 던진 이건은 창밖을 가리키며 말했다.

"저기 보이시죠? 무적 팀의 현수막. 3개월 전만 해도 방치된 창고였던 곳이에요. 그러다 저 공간이 프로게이머 5명이 매일 14시간씩 연습하는 공간이 되었죠."

그의 목소리에 열정이 서렸다.

"그 옆 PC방에선 매일 수십 명의 예비 프로들이 당신이 추천한 모니터를 보며 꿈을 키우고 있습니다. 저희는 빛을 보지 못한 모든 프로게이머들의 희망이에요. 아직도 어설프지만, 매일매일 역사를 써나가고 있죠. 그래서 당신 같은 분이 정말 필요해요."

새일은 손가락으로 관자놀이를 긁적이기 시작했다.

"전 그냥 하드웨어 판매원일 뿐인데요. 당신 팀에 합류하면 뭘 해야 하는 거죠?"

"저희는 현금 후원사를 찾고 있습니다. 사실 지금까지의 스토리로 SNS 팔로어나 팬층은 어느 정도 갖췄다고 생각해요. 무적의 SNS 팔로워 15만, 월평균 콘텐츠 조회수 250만 회는 됩니다."

이건이 스마트폰으로 무적의 유튜브 채널을 보여줬다.

"근데 대체 어떻게 파는지를 모르겠어요. 현재 접촉 중인 기업은 일곱 군데 정도 됩니다. 이 중 당신 손으로 계약을 따주시길 바라요."

새일이 웃음을 터뜨렸다.

"도박 같은 제안이네요. 조금 황당한데… 재밌네요."

손목시계 초침 소리만이 흘러가는 침묵 속에서, 새일은 유리창 너머로 보이는 무적 우승 축하 현수막을 응시했다.

"일주일만 검토 시간을 주세요. 다음 주 월요일 오전 9시에 답변드리겠습니다."

그가 일어서는 모습에 이건은 마지막 카드를 꺼냈다.

"참고로, 내일 새벽 2시에 팀 스크림이 있습니다. 혹시 관람 희망하시면 제가 따로 어레인지를 해드릴 수 있습니다."

"아뇨."

새일이 재킷 단추를 채우며 말했다.

"'참관'이 아니라 '참여'로 가야죠. 세일즈는 현장에서 배우는 거니까요. 내일 새벽 1시 50분에 연습실에서 뵙겠습니다."

이건은 떠나는 동작에도 날이 서 있는 그의 뒷모습을 보며 미소를 숨길 수 없었다.

* * *

신사역 한 카페에서 여성이 태헌을 기다리고 있었다. 그녀의 손가락이 유리잔 가장자리를 따라 천천히 돌아갔다. 태헌이 들어오자 그녀는 눈인사하며 조용히 마스크를 내렸다.

"안녕하세요, 감독님"

여성이 먼저 말을 꺼냈다.

"안녕하세요. 레몬과즙님, 처음 뵙겠습니다. 류태헌입니다."

"소원이 오빠한테 연락처 받았어요. 예전엔 자기 방송에서 저 그렇게 까더니, 제가 정보 조금 흘려주니까 바로 연락 와서는 이 제 와서 베프인 척하던데요?"

그녀는 웃음기 가득한 말과 함께 화려한 비드 장식이 붙은 USB 를 꺼내 태헌에게 건넸다. 태헌은 좀 놀랐지만, 아무 말 없이 가 방에서 노트북을 꺼내 USB를 연결해 봤다.

"하이건, 그 사람하고 저랑 대리게임 약속 잡던 채팅, 그리고 게임 중 음성 로그에요. 찾을 수 있는 대로 찾아서 넣었어요."

하이건의 음성 채팅 로그 중 하나를 클릭해 봤다.

'오빠, 내가 호구 하나 잡았는데, 내일 새벽 1시부터 4시까지 플 레이 해야 된대. 나랑 둘이 하는 조건으로 평소보다 2만 원 비싸. 오빠 시간 많이 뺏으니 계약금 30% 선입금했어.'

'네. 지금 입금 확인했어요. 근데 제가 웬만하면 음성은 하기 싫 댔죠? 채팅만 남기세요.'

태헌은 뭔가 알아챘다는 듯한 표정을 지었다.

'이건 누가 봐도 하이건 목소리다!'

레몬과즙의 입가에 독을 묻힌 듯 비릿한 미소를 지었다.

"감독님, 이거 감독님이 무적을 무너뜨릴 수 있는 너무 좋은 카드 아니에요?"

"근데 이걸 왜 나한테 줘요? 본인도 여기에 연루되어 있는데."

태헌이 물었다.

"나도 알죠. 이거 나가면 나도 끝장나지. 그래서 조건이 있어요."

그녀의 손가락이 스톤헨지 로고 위를 톡톡 쳤다.

"제가 스톤헨지의 공식 스트리머로 합류했으면 해요. 물론… 제 과거는 제가 적절한 때에 먼저 나서서 이실직고하고 방송 한 달 정도 쉬면서 자원봉사 활동할 거예요. 그래야 과거도 깔끔하게 청산하지."

"하, 조금 황당한데요. 우리 팀 스트리머가 무슨 거래로 들어올 수 있는 곳인 줄 알아요?"

레몬과즙은 아무렇지도 않다는 듯 얘기를 이어갔다.

"에이 왜 이래 선수끼리… 무적 팀 K스파컵 우승한다면서요. 가는 길에 지들이 알아서 넘어져 주면 좋고, 계속 잘나가서 K스파컵 결승에라도 나간다면 적절하게 이걸 터뜨리면 되죠. 감독님은 경쟁자 하나 제거하고, 저도 과거 씻고 새로 태어나고. 누이 좋고 매부 좋은 거 아니겠어요?"

"왜 나를 찾은 거죠?"

"음… 글쎄요. 전 눈치가 진짜 빨라요. 동기가 분명한 사람을 찾았다고 해야 할까? 나무위키 보니까 두 분 꽤 사연이 기시더라고요. 당신만큼 하이건이 잘되는 걸 싫어하는 사람이 없을 것 같다고 해야 하나?"

그녀가 짧게 말을 뱉으며 자리에서 일어나 마스크를 다시 걸쳤다.

판도라의 상자

"일단 저는 다음 주에 방송 키고 자수할 거예요. 나머진 소원 오빠한테 자세히 설명했으니 둘이 얘기하시고요. 제 포트폴리오는 곧 카톡으로 보내드릴게요. 그럼 오퍼 잘 생각하고 계세요~"

카페 문이 닫히는 소리와 함께 태헌은 USB를 주머니 깊숙이 넣었다. 그의 스마트폰에는 무적의 새 SNS 게시물이 화면에 떠 있었다. 이건이 안산시장과 악수하는 사진 아래, '지역과 함께 성장하는 무적 안산'이라는 해시태그가 유난히 눈에 띄었다.

15화

팔아야, 그리고 이겨야 산다

7월 ROL 아카데미 리그의 하반기 첫 대회가 서울 근교의 PC방에서 오프라인으로 개최되었다. 이번 대회부터는 라이언 게임즈의 새로운 시도로, 아카데미 팀들에게 더 많은 노출 기회를 제공하고자 중계권을 무료로 개방했다. 이는 이스포츠 생태계 전반에 새로운 콘텐츠를 생산하고 더 많은 ROL 스트리머들이 이를 활용해 새로운 콘텐츠를 만들어내길 바라는 의도였다. 최근 인기를 끌어모으는 무적의 행보에 영향을 받았음이 확실했다. 무적 팀의 첫 경기는 많은 이들의 관심을 불러일으켰다.

하지만 뜨거운 관심에도 불구하고 새로운 미드 라이너의 합류는 예상치 못한 파장을 불러왔다. 승헌의 뛰어난 개인 기량에도 불구하고, 팀원들 사이에는 미묘한 불협화음이 감돌았다. 성소원의 이탈로 인한 공백과 백찬기의 부재로 팀의 사기는 여전히 바닥이었다. 감독의 날카로운 지시에도 불구하고 선수들은 여전히 새로운 미드 라이너에게 쉽사리 마음을 열지 못했다.

"감독님, 솔직히 형 플레이 스타일이 저희랑 좀 안 맞는 것 같아요."

찬기가 조심스럽게 말을 꺼냈다.

"감독님 전략은 초 단위로 전술을 그대로 수행하는 건데, 형은 공격적인 캐리 스타일이라 팀 한타 때 저희와 호흡이 잘 안 맞는 것 같아요."

승헌의 얼굴에 잠시 그늘이 스쳤다. 그는 자신의 방식이 팀에 해가 될까 봐 노심초사했다. 연후 역시 새로운 미드 라이너와 기존 팀원들 사이의 미묘한 간극을 감지했다. 단순히 오더를 내리는 것을 넘어, 새로운 리더십을 팀에 심는 것은 생각보다 훨씬 지난한 과정이었다. 그들은 승리를 위해 끊임없이 대화하고 부딪히며, 삐걱거리는 톱니바퀴처럼 서로에게 맞춰가는 시간을 보내야 했다. 7일이라는 짧은 시간 동안, 그들은 완벽한 팀을 만들기 위해 밤샘 연습과 피드백을 반복했다. 하지만 그 과정은 마치 가시밭길 위를 걷는 듯했다. 승헌의 영입이 모든 것을 해결해 줄 것이라는 초기 기대는, 또 다른 숙제를 안겨주었다.

그나마 다행인 것은 무적의 경기는 평균 4-5천 명의 시청자를 끌어모으고 있다는 점이었다. 이는 아카데미 리그 중계 중 최고 기록 경신이었다. 소셜 미디어에서는 승헌의 복귀 플레이 장면들이 빠르게 퍼져나갔고, 많은 이들이 그를 '돌고 돌아온 제2 쉐이커'로 칭하며 그들의 플레이를 지켜봤다.

무적의 7월 대회는 두 번째 경기인 32강 탈락으로 마무리했고 여전히 팀이 풀어야 할 숙제가 산더미였다.

* * *

태헌은 사무실에 앉아 모니터를 응시하고 있었다. 라이언 게임즈에서 제공해 준 지난 주차 뷰어십 리포트였다. 스톤헨지 챌린저스팀의 최근 경기 중계 시청자 수가 지지부진함을 확인할 수 있었다.

"여어 태헌, 잠시 시간 있나?"

스톤헨지의 단장이 사무실로 들어왔다. 태헌은 급히 자리에서 일어났다.

"네, 단장님. 무슨 일이십니까?"

단장은 미소를 지으며 말했다.

"그냥 한번 지나가다 들렀지. 요즘 무적이라고 아마추어팀이 꽤 주목받는다면서? 하이건이라는 친구가 단장으로 꽤 잘나가던데, 자네 예전 팀 동료였다지?"

태헌의 표정이 순간 굳어졌다.

"우리 스톤헨지 챌린저스팀도 약간 그런 느낌으로 성장시켜 보면 좋겠어. 2부 리그 팀이라고 경기 인기가 너무 없잖아. 다들 누가 누군지도 모르고, 너무 1군에 목숨 걸면 우리도 위험해. 계란을 나누어 담아야지. 그런 면에서 자네도 친구한테 물어보고 그 팀 활동도 좀 배우고 같이 그 뭐냐 콜라보도 하고 그래봐."

태헌은 억지로 미소를 지었다.

"네, 많이 배우고 있습니다. 무적보다 더 좋은 팀을 만들어보겠습니다."

"그래. 이 판 돌아가는 거 알잖아. 매년 한 해 한 해만 보고 돈 써 가며 유명한 선수랑 감독 데려다 놓고, 그다음 해면 없어져 버리고. 장기 플랜이 안 돼요. 너 같은 리더가 앞으로 더 열심히 해서 1군 감독까지 딱 자리 잡고, 프랜차이즈 스타 감독 1호가 되면 얼마나 좋아?"

태헌의 눈이 반짝였다.

"정말 그렇게 생각하십니까?"

단장은 고개를 끄덕였다.

"당연하지. 내가 여기 짬이 20년이야. 거짓말하겠어?"

단장이 말을 하며 가까이 다가와 소리를 죽여 말한다.

"사실 올해 K스파컵 정도는 자네에게 감독으로 설 기회를 주고 싶어. 어떻게 생각해?"

태헌은 흥분을 감추지 못했다.

"정말 감사합니다! 최선을 다하겠습니다."

단장이 나간 후, 태헌은 주먹을 꽉 쥐었다.

'나도 할 수 있어. 아니, 나는 더 잘할 수 있어.'

스톤헨지 2군 감독으로서 태헌은 항상 1군의 그림자에 가려져 있었다. 그런데 이제는 신생팀인 무적마저 자신을 앞서나가는 것 같아 견딜 수 없었다. 이건과 자신은 비슷한 처지에서 시작했지만, 그의 성과는 언제나 자신보다 더 커 보였다.

태헌의 눈은 모니터 속 무적 팀의 팀 소개 영상을 뚫어져라 응시했다.

'우승!'

그 단어가 그의 심장을 찢는 듯했다. 자신이 그토록 갈망했던 자리를, 이건은 또다시 너무나 쉽게 꿰차는 것처럼 느껴졌다. 그의 손톱이 손바닥을 파고드는 것도 느끼지 못한 채, 그의 눈은 화면 속 선수들의 환호하는 모습에 고정되어 있었다. 그들의 순수한 기쁨, 열광적인 팬들의 함성. 한때 자신도 저 무대 위에서 저런 감정을 느꼈던 적이 있었던가. 그 짜릿한 전율이, 이건에 대한 질투심과 복수심 속에서도 희미하게 타오르는 작은 불씨처럼 그의 내면을 흔들었다.

'나는 죽을힘을 다해 여기까지 왔는데, 넌 또다시 드라마의 주인공이 되는구나. 그런데… 나도 저런 우승을 다시 경험하고 싶어. 누구보다, 누구보다 더 완벽하게.'

그의 머릿속은 비명과 함께 복잡한 감정들로 가득 찼다. 이대로는 안 된다. 이건이 다시 정상에 서는 꼴은 죽어도 볼 수 없었다. 그의 복수심은 이제 광기에 치닫고 있었다. 그는 오직 하나의 목표만을 갈망했다. 무적을, 그리고 이건을 이 바닥에서 완전히 끝어내리는 것. 태헌은 주저 없이 통화 버튼을 눌렀다.

"야 소원, 네가 소개해 준 레몬과즙 걔가 준 USB 내가 다 확인했거든? 그거 언제 터뜨리지? 네가 방송에서 계속해서 살짝 씨앗 좀 뿌려놔. 요즘 대리게임하는 놈들 다 박멸해야 한다고 여론 좀 몰아가라고, 알았지? 나머지는 나랑 만나서 얘기하자고."

* * *

무적의 회의실 한가운데 정장을 빼입고 모두에게 프레젠테이션을 하는 남성이 서 있었다. 그는 바로 김새일.

사실 그는 이건을 만난 후 이틀 만에 연락해, 자신이 할 일이 있을 것 같다며 팀에 합류하겠다고 말했다. 조금 성급한 거 아닌가 싶을 정도로 빠른 수락이었다. 이건은 당연히 이를 팀원들에게 알렸고, 모두 기대에 부푼 마음으로 그의 첫 출근일을 기다렸다. 다음날 자리에 모든 개인 PC 장비 일체를 들고 나타난 새일은 이건에게 전체 회의를 요청하고 업무 파악에 나섰다. 새일은 이건, 겨울, 지나와 함께 세일즈 회의에 참석했다. 회의실 안에는 긴장감과 기대감이 공존하고 있었다. 지나가 준비한 자료를 펼치며 설명을 시작했다.

"우리 무적의 SNS 영향력을 분석해 봤어요. 보통 MCN 업계 기준으로 찾아보니 놀랍게도 이 정도 팔로워와 뷰어십이면 최초 콘텐츠 당 500만 원에서 1천만 원의 가치를 지니는 것으로 나타났습니다."

이건은 이미 알고 있다는 듯 고개를 살짝 끄덕이며 새일을 쳐다봤다. 그는 아직 전혀 반응이 없었다. 하지만 겨울이 고개를 갸웃거리며 끼어들었다.

"잠깐만, 우리가 일반적인 인플루언서랑은 좀 다르지 않아? 우리는 스포츠팀이잖아. 성적이랑 리그 노출도 중요한 가치 아닐까?"

새일이 고개를 끄덕이며 말했다.

"맞습니다. 그래서 저는 이 모든 요소를 종합해서 세일즈 자료를 만들어보려고 하죠. 상황에 맞는 데이터 수집과 상품의 특성을 이해하는 것이 세일즈의 기본!"

그는 재빠르게 키보드를 두드리며 엑셀 시트를 채워나갔다. SNS 콘텐츠 노출 수치, 예상 리그 방송 시간, 그리고 그에 따른 스폰서 노출 효과까지 칸을 하나하나 채워나갔다.

"지나님, 이 빈칸을 모두 채워 주실 수 있겠어요? 마감 시간은 오늘 오후 6시까지!"

지나는 황당하다는 듯 그냥 서서 말을 잃었다.

"자, 이제 우리의 잠재 파트너를 찾아볼 차례예요."

새일이 말을 이어갔다.

"우리 주 타겟은 ROL을 즐기는 10대 후반에서 30대 중반 사이의 소비자층을 가진 기업들이에요. 특히 최근 마케팅에 적극적이고 급성장 중인 회사들을 중심으로 리스트를 만들어봤습니다."

새일은 자신이 찾아온 회사 리스트를 화면에 띄웠다. 식품, 통신, 자동차, PC 장비 등 모든 산업군별로 기업 이름과 이스포츠나 스포츠 후원 이력까지 모두 정리되어 있었다. 새일이 꺼내 놓은 정교한 차트들을 보고 세 사람의 눈이 동시에 커졌다. 이건은 입을 약간 벌린 채 고개를 천천히 끄덕이며 자료를 넘기고, 겨울은 안경을 고쳐 쓰며 화면을 자세히 들여다봤다. 지나는 손으로 입을 살짝 가리며 감탄의 표정을 지었다.

"그럼 제가 할 일은 오늘 이메일 초안 작성, 그리고 내일 이메일 발송! 여러분들은 아까 제가 회의 때 요청한 자료 찾아서 제게 보내주시고요. 제가 그걸 기반으로 세일즈 자료 완성하도록 할게요."

"좋아요!"

다른 팀원들이 모두 합창하듯이 대답했다.

"아 참, 근데 제가 PPT를 전혀 만들 줄 모르는데요. 혹시 이거 잘하는 젊은 친구 없나요? 제가 지시는 끝내주게 잘합니다~"

"네 그건 제가 도울게요."

지나가 대답했다.

"자 여러분, 꼭 기억하세요. 우리 모두 '팔아야 합니다'. 세일즈는 비즈니스의 기본. 제가 '팔아야'를 선창할 테니 여러분들 '산다'를 후창해 주세요. 준비됐죠?"

다들 재밌다는 듯 서로를 웃으며 쳐다봤다.

"팔아야!"

"산다!"

* * *

승헌의 합류 이후 첫 대회였던 7월 대회는 초기 탈락으로 끝났지만, 무적은 점점 다른 팀으로 거듭났다. 그의 뛰어난 리더십은 어느새 팀에 새로운 활력을 불어넣고 있었고, 선수들의 잠재력을 끌어올리는 데 큰 역할을 했다. 승헌은 연후 감독과 끊임없는 대화를 통해 자신의 문제점을 파악하고 개선해 나갔다. 팀의 합이 맞춰지기 전까지는 시간이 걸릴 것이라는 판단 아래, 전략적으로 상대 팀을 연구하는 것에 초점을 맞췄다. 그는 밤을 새워가며 다음 대회 상위 라운드에서 만날법한 상대 팀의 모든 리플레이를 분석하고, 그들의 약점을 찾아내는 데 심혈을 기울였다.

그 결과는 생각보다 놀라웠다. 8월 대회에 출전한 무적 팀은 64강부터 4강까지 오는 동안 단 한 세트도 내주지 않는 놀라운 기량을 선보였다. 매경기 압도적인 실력 차이를 보여주며, 상대 팀들을 연이어 제압해 나갔다. 팬들과 해설진들은 무적의 성장에 놀라움을 금치 못했고, 이들의 결승 진출은 이제 누구도 부정할 수 없는 현실이 되었다.

"무적이 넥서스를 노립니다! 이거 어떻게 막죠? 타워 하나, 타워 둘! 오마이갓! 엄청난 속도로 타워를 제거하고 넥서스 파괴 직전입니다. 이게 무슨 일입니까? 불리하던 상황을 공작 스틸과 이어진 한타 승리로 승기를 잡다뇨! 무적의 팀 파이팅 능력이 빛을 발했습니다! 이렇게 결국 넥서스를 파괴합니다. GG!"

캐스터들의 흥분된 목소리가 스튜디오를 가득 메웠다. 무적 팀의 선수들이 자리에서 벌떡 일어나 서로를 껴안으며 승리의 기쁨을 나누는 모습이 화면에 잡혔다. 주변에서 구경하던 타 참여팀들에서도 열광적인 환호성이 터져 나왔고, 안산에서 온 팬들은 무적의 깃발을 흔들며 승리를 자축했다.

"파죽지세의 무적, 정말 적이 없는 것 같습니다. 이제 단 한 경기만이 남았죠. 무적의 결승 상대는 바로 스톤헨지 아카데미 팀입니다."

"네 맞습니다. 두 팀은 공식전 전적이 없는 상태이고요. 다만, 몇 달 전 공개 스크림을 했던 적이 있는 것으로 알려져 있고, 당시 경기는 스톤헨지가 2:0으로 승리했다고 알려져 있습니다. 오늘 과연 어떤 경기가 나올지 정말 궁금합니다."

"스톤헨지의 경우는 RCK 1부 리그 팀이 존재하기 때문에 큰 동기가 없을 수 있겠지만요. 무적은 달라요. 이번에 이겨야 K스파컵 진출전에 나갈 수 있기 때문에 반드시 우승해야 합니다. 오늘 기회를 놓치면 9월 대회 한번 밖에 기회가 없거든요. 그래서 더 절박하죠."

"네, 그런 의미에서 기대가 커지는 매치업인데요. 저희는 잠시 쉬었다가 다시 돌아오겠습니다."

* * *

3시간 정도 쉬는 시간이 끝나고 저녁 8시가 되었다. 결승전이 열리는 스튜디오는 긴장감으로 가득 찼다. 하이건은 대기실에서 선수들에게 긴장감을 풀어주기 위해 편하게 얘기를 주고받고 있었다. 그때, 익숙한 목소리가 들려왔다.

"오랜만이네, 이건"

이건은 천천히 고개를 돌렸다. 태헌이었다. 두 사람의 눈빛이 마주쳤다. 과거 같은 팀에서 함께 뛰었던 기억이 스쳐 지나갔다. 하지만 언젠가부터 어색해진 둘 사이에는 별말이 오가지 않았다. 태헌이 먼저 입을 열었다.

"너희 팀 요즘 잘나가더라. 어떻게 결승까지 한 세트도 안 주냐. 넌 진짜 뭘 해도 되는 건가. 하하."

태헌이 비꼬듯 칭찬을 던지고, 이건은 딱히 말이 없이 그를 쳐다보고 있었다.

"그럼 경기장에서 보지."

태헌이 말했다.

"그래, 좋은 경기하자."

태헌이 자리를 뜨고 난 후, 이건은 깊은 한숨을 내쉬었다. 면전에서 말하지는 못했지만, 과거의 오픈스크림에서 받았던 치욕이 떠올랐다. 그리고 그 자신보다는 선수들이 받았을 그때의 트라우마가 더 걱정됐다. 대기실 문을 열고 조용히 들어갔다. 오늘 먹을 저녁 메뉴를 정하는 시시콜콜한 얘기로 시간을 보내는 선수들과 겨울, 끝까지 상대 팀 분석 영상을 보고 있는 연후 감독이 보였다. 분명 머릿속은 복잡할 텐데 그 어느 때보다 침착하려 하는 선수들의 모습에 이건은 마음이 뿌듯했다.

'이젠 증명의 시간이다. 너 아니면 나, 우승은 한 명에게만 주어진다.'

16화

우승 받고, 더블로 지스타

 결승이 열리는 월요일 저녁은 대부분의 주요 이스포츠 리그가 없는 날이었다. 그래서인지 무적과 스톤헨지 아카데미팀의 대회 결승은 모든 플랫폼의 스트리머들에게 최고의 라이브 콘텐츠가 되었다. 대회 시작 전 대기 화면부터 이미 10만 명 이상의 시청자가 라이브 스트림을 지켜보고 있었다. 채팅창은 '무적 파이팅!', '승헌 캐리 가자!', '안산의 자존심 무적!' 등의 메시지들이 빠르게 흘러갔고, 대부분의 팬들이 무적의 우승을 응원하고 있었다.

 현장은 관객 외에도 많은 팀 관계자와 스카우터들이 관객석에 자리를 잡았다. 그들의 눈에는 미래의 스타플레이어를 발굴하려는 날카로운 시선이 깃들어 있었다. 5전 3선승제로 열린 결승의 첫 세트, 먼저 앞서간 팀은 스톤헨지였다.

 "스톤헨지의 초반 운영이 정말 완벽했습니다. 특히 미드 라인 운영은 정말 완벽에 가까웠습니다."

하지만 2세트에서 무적은 반격에 나서며 한 세트를 따냈고, 양 팀은 승기를 주고받으며 4세트까지 2:2 균형을 맞추게 되었다.

드디어 최종 5세트, 양 팀의 긴장감은 최고조에 달했다. 초반에는 스톤헨지가 퍼킬을 취하며 앞서나갔으나, 미드에서 승헌이 솔로킬을 따내며 무적이 초반 기세를 가져갔다. 이후 밀고 밀리는 경기 양상은 결국 35분경 미드 한타에서 끝이 나게 되었다. 스톤헨지 탑의 애매한 포지션을 후방에서 잘 노린 제성이 먼저 선킬을 잡아내는 것을 신호로 무적이 대승을 하며 에이스[14]를 띄웠다. 무적은 그대로 미드 라인을 밀고 들어가 스톤헨지의 넥서스를 파괴했다.

"GG! 무적이 해냈습니다! 8월 대회 우승입니다!"

해설진의 흥분된 목소리가 울려 퍼졌다. 마지막 한타 장면에서 시청자 수는 20만 명을 넘어섰다. 채팅창은 축하 메시지로 도배되었고, 무적 선수들은 자리에서 일어나 서로를 부둥켜안으며 기쁨의 눈물을 흘렸다. 이건은 선수 때처럼 무대 위로 달려가 선수들을 껴안았다.

경기가 끝난 후, 여러 RCK 팀의 관계자들이 무적 선수들에게 관심을 보였다. 특히 승헌과 찬기의 활약이 눈에 띄었다는 평가가 많았다. 한 RCK 팀의 스카우터는 미디어와의 인터뷰에서 승헌과 찬기에 대한 칭찬을 쏟아냈다.

---

14 에이스: 한타 중 한팀의 챔피언 전원이 사망했을 때 뜨는 멘트.

"무적의 팀워크와 개개인의 실력이 인상적이었습니다. 특히 승헌 선수의 미드 라인 압박과 찬기 선수의 정글링 능력이 RCK급이라고 생각합니다."

이 우승으로 결국 무적은 K스파컵 진출전 출전권을 획득했다. 그렇게 더 큰 무대에서 자신들의 실력을 증명할 기회를 얻게 되었다.

태헌은 패배가 결정된 마지막 5세트가 끝난 후 대기실에 설치된 모니터를 한참을 바라봤다. 팀들이 대기실로 복귀하자 그는 평소와 다르게 더 큰 언성으로 선수들을 질책했다. 무적의 우승 소식이 이스포츠 커뮤니티와 SNS 채널을 도배될 것을 상상하니, 그의 마음속에는 질투와 분노가 끓어올랐다. 그런 상상만으로 그의 얼굴은 점점 더 일그러졌고, 손은 떨리기 시작했다.

"왜 하필 또 저 새끼야! 왜!!"

결국 태헌은 참지 못하고 운전하는 차 안에서 미친 사람처럼 괴성을 지르기 시작했다. 하지만 그의 분노는 가라앉지 않았다. 오히려 더욱 격렬해졌다. 그의 눈에는 복수심이 가득 차 있었다. 이제 그에게는 오직 하나의 목표만이 남아 있었다. 무적을 무너뜨리고, 이건을 끌어내리는 것.

* * *

'무적의 우승을 진심으로 축하드립니다. 안산의 자랑이 되어 주셔서 감사합니다. 앞으로도 안산시가 적극 지원하겠습니다.'

다음 날 안산시장에게서 무적에게 축하 메시지가 도착했다. 무적의 우승 소식이 퍼지자 팀을 향한 관심이 폭발적으로 증가했다. 여러 기업에서 스폰서십 제안과 콜라보레이션 요청이 쏟아졌다. 특히 안산 지역의 중소기업들이 적극적으로 후원 의사를 밝혀왔다. 선수들의 SNS 계정으로는 팬들의 응원 메시지와 함께 간식, 굿즈 등 다양한 선물이 도착했다. 팀의 공식 SNS 계정 팔로워 수는 일주일 만에 3배 이상 증가했고, 유튜브 구독자 수도 18만을 돌파했다.

"드디어 우리가 인정받는 것 같아요!"

지나는 늘어난 업무량에 힘들어하면서도 기쁜 비명을 질렀다.

"여러분, 드디어 우리에게 기회가 왔습니다!"

김새일이 연습실 문을 활짝 열며 흥분한 목소리로 외쳤다. 왁자지껄하던 팀 분위기가 한순간에 조용해졌다.

"뭐야, 드디어 스폰서라도 생긴 거야?"

"아하! 그건 조만간 기대하시고요. 다름 아니라, 우리가 지스타 무대에 설 수 있는 기회가 왔어요!"

"지스타?"

"네, 바로 셀럽 ROL월드컵 대회에 초대 섭외가 왔습니다. 당연히 공짜로는 안 가죠? 제가 섭외비는 따로 네고하는 중입니다."

선수들은 웅성거리기 시작했다. 지스타는 대한민국 최대 규모의 게임쇼였다. 유명 게임사는 물론 각종 플랫폼이 전시회 부스로 참가하는 곳이기도 하며, 기업들과 유명 스트리머들이 총출동하는 마케팅 격전지이기도 했다. 매년 여러 이스포츠 대회도 열리는 곳이 바로 지스타였다.

"아시다시피, 제가 합류한 이후에 현재 우리가 확보한 후원은 지역 커피 프랜차이즈 광고 계약과 인근 미용실의 무료 미용 서비스입니다. 덕분에 선수들 태어나서 처음으로 광고 촬영도 해 보고 앞으로는 안경 쓴 더벅머리 스타일은 안 할 것 같네요. 당장 돈은 크지 않아도 이런 변화 정말 멋지지 않나요?"

새일은 어깨를 으쓱이며 입꼬리를 올렸다.

"근데 이걸로 저는 만족 못 하죠? 아직 우리 팀의 인지도가 낮아서 큰 기업들의 관심을 끌기는 어려운 상황이라고 봅니다. 지금 시점에서는 바로 '제대로 된 타겟'에게 노출이 중요합니다. 단순히 스트리밍이나 SNS 마케팅으로는 부족하다는 거죠. 후원사가 될 만한 기업들의 의사결정자들은 이스포츠를 몰라요. 보지도 않고, 관심도 없어요. 우리는 그들이 볼 수 있는 더 큰 무대가 필요합니다."

"더 큰 무대라… 그럼 지스타만 한 게 없네요?"

겨울이 말했다.

"그렇죠. 그래서 저는 대기업이 후원하는 대규모 대회라든지,

TV에서 중계되는 이벤트 매치 같은 걸 모조리 찾아봤습니다. 그러다 보니 바로 지스타가 떠오르더라고요. 그래서 올해 지스타 이벤트를 미리 검색해 이 대회를 찾아낸 거죠."

지나가 그새 검색을 통해 이벤트 정보를 찾아 모두에게 공유했다.

"초청 기준이 출전팀 멤버 팔로워 총합 30만 명 이상만 가능한 거구나. 초청 기준이 높다 보니 참가팀 라인업도 장난 아니래요! 플랫폼 대표 격 실력자로 모인 스트리머팀, 이스포츠 소속 스트리머팀이 나온다고 하고요."

지나가 말을 맺자, 새일이 잽싸게 덧붙였다.

"이건 평소에 우리가 돈 주고도 못 살 엄청난 기회입니다. 지스타잖아요! 전 국민이 보는 앞에서 실력을 증명할 수 있을 뿐만 아니라, 수많은 기업 관계자들에게 우리 팀을 알릴 절호의 찬스. 그게 바로 저의 빅픽처입니다!"

말을 하던 도중 흥분한 새일은 손에 든 종이를 펄럭였다.

"지금 보시는 이 문서가 지스타에 참가하는 기업 리스트입니다. 지스타 기간에 스폰서십을 제안할 만한 곳들을 추려봤습니다. 게임 장비 회사, 음료 회사, 통신사, 심지어 자동차 회사까지 어마어마해요. 역시 대한민국 최대 게임쇼 맞네요. 기왕 초청전 나가는데 우승하면 더 좋겠죠?"

하이건이 맞장구치며 말했다.

"좋아, 더할 나위 없이 좋은 기회네. 그동안 연습만 하느라 지쳤을 텐데, 큰 무대에서 좋은 경험도 되고 좋을 것 같아."

"선수들의 개인 브랜딩도 중요합니다. 각자의 인스타그램 계정을 통한 퍼스널 마케팅을 강화하고, 개인 방송에서도 '무적' 로고와 유니폼을 착용한 모습을 보여주는 게 좋겠어요. 월 20시간 정도의 개인 방송도 의무화하면서 배경에 후원사 백드롭을 설치해 노출하면 어떨까요?"

새일이 뭔가 더 이야기하려고 할 때 연후가 끼어들며 분위기에 찬물을 끼얹었다.

"무슨 소리야. K스파컵 진출 확정도 못 했고, 이제 겨우 진출전 티켓 딴 건데 이렇게 김칫국부터 마실거야? 지스타 바로 2주 후가 K스파컵인데 큰 대회 전에 쇼매치를 나가는 게 말이 돼? 난 반대야."

새일은 연후의 눈치를 살피며 조심스럽게 이야기를 이었다.

"상금도 중요하지만, 더 중요한 건 우리 팀을 알리는 거예요. 수많은 기업 관계자들이 지스타에 올 겁니다. 그들에게 우리 팀의 실력을 제대로 보여줘야 해요."

"…흠 그런가. 단장 생각은 어때?"

"저는 동의합니다. 물론 대회가 가장 최우선이죠. 다만 프론트로서 현실에 대한 고민은 있어요."

이건이 잠시 모두를 바라보다 말을 이어나갔다.

"선수들 앞에서 이런 얘기하는 게 좀 못난 것 같지만, 현재 우리의 월 지출이 꽤 높아요. 안산시가 대주는 숙소, 연습실, 품위유지비 빼도, 매월 300만 원씩 통장에서 돈이 계속 나가고 있거든요. 미래를 위해서라도 이런 기회를 통해 정말 적극적으로 팀 브랜딩, 선수 개인 브랜딩을 해야 한다고 생각해요."

"좋아. 대신 이번에 초청전 나가도 나는 다른 대회랑 똑같이 임할 거야. 놀러 간다는 생각 말고 체력까지 감안해서 모든 경기는 2:0으로 끝낸다. 알겠지?"

"네!"

신이 난 선수들은 입을 모아 크게 대답했다.

이건은 부담스러운 스케줄인 줄 알면서도 흔쾌히 수용해 주는 연후가 고마웠다. 그리고 팀을 더 여유롭게 운영하지 못하는 자신이 답답했고, 동시에 모두에게 미안했다. 그래서 한 번 더 자기 스스로의 다짐을 다잡으며 자리로 돌아왔다.

"어?"

이건은 책상 위에 놓여 있는 문서를 봤다. 그리고 그의 눈은 문서 위 제목으로 향했다.

「무적 전지훈련 계획서 - 뇌지컬 100'」

17화

뇌지컬 100

"자, 여러분 여기에 모이세요"

겨울의 지시에 따라 밴에서 내린 선수들이 어슬렁대며 차 앞에 모였다.

"아아함~, 매니저님 여긴 왜 온 거예요?"

승헌이 덜 깬 표정으로 하품을 하며 물었다.

"오늘부터 시작될 특별 전지훈련의 첫 장소예요. 이제 당신들의 뇌지컬 제가 책임지겠습니다!"

"특별 전지훈련이요?"

"네, 안산시와 직접 협력해서 기획했어요. 기존 이스포츠 팀들과는 완전히 다른 접근법이죠."

인피니트 무적 팀은 K스파컵을 앞두고 전지훈련 프로그램을 시작했다. 겨울이 안산시와 직접 협력해 기획한 이 프로그램은 안산 지역의 다양한 시설을 활용한 차별화된 접근법을 활용하기로 했다. 팀원 다섯 명과 감독, 그리고 마케팅팀원을 태운 밴은 안산대학교 정문 앞에 내렸다. 그들이 다 같이 걸어 도착한 곳은 안산대학교 대운동장이었다. 그곳에는 거대한 LED 무대가 설치되어 있었고, 5,000석 규모의 관중석이 마련되어 있었다.

"와… 이게 다 뭐예요?"

제성이 입을 다물지 못했다.

"오늘 여러분은 5,000명의 관중 앞에서 모의 경기를 치르게 될 거예요. 상대는 전국 대학교 ROL 랭킹 1위인 안산대 대표팀입니다."

"네? 5천 명이요?"

"걱정하지 마세요. 이건 실제 관중이 아니라 안산문화예술의전당과 협력해 만든 가상 관중 시스템이에요. 하지만 소리와 분위기는 100% 실제와 같습니다."

그날 저녁, 어두운 밤하늘에 무대 위를 비추는 스포트라이트만 남아 있었다. 선수들은 무대 위에 세팅된 PC 좌석에 떨떠름하다는 듯 등장했다. 등장하는 순간부터 관중들의 함성과 야유가 귓가를 울렸다. 대운동장에 설치된 특별 LED 무대는 그 자체로 압도적이었다. 안산대 응원 단장이 특별 MC로서 상대 팀도 무대 위로 초청했고, 모든 진행이 정말 RCK 결승전 같았다.

경기가 시작되자 떨떠름하던 선수들은 엄청난 압박감을 느꼈다. 심지어 갑자기 조명이 꺼지거나 대형 깃발이 휘날리는 등의 돌발 상황도 발생했다.

"집중해!"

연후가 외쳤다.

"K스파컵 결승이라면 이와 비슷할 수 있어!"

첫 세트는 아쉽게 패배했지만, 두 번째 세트부터 팀은 점점 적응해갔다. 결국 3전 2선승제 경기에서 2:1로 승리를 거뒀다. 경기 후 선수들은 마치 우승 인터뷰를 하듯 무대 위로 올라왔고, MC와의 우승 인터뷰 후 무대 뒤로 나가 돌발 질문에 대응하는 미디어 트레이닝도 실시했다. 선수들은 얼떨떨한 표정으로 모든 과정을 진행해 나갔다. 첫날이 끝나고 학교 기숙사에서 첫 밤을 보낸 선수들은 다들 그날 경기 얘기로 밤이 늦은지도 모른 채 이야기꽃을 피웠다.

전지훈련, 2일 차. 이날은 선수들의 심리 상담이 잡혀 있는 날이었다. 안산 마음건강센터에서 강의와 개인별 심리 상담을 통해 트라우마 극복 프로그램이 시행되었다. 이 과정에서 선수들은 각자 자기 사연을 속 깊은 곳에서 꺼내 털어놓게 되었다.

3일 차에는 안산의 다양한 체육 시설을 활용한 체력 및 반응 속도 훈련이 진행되었다. 라인 댄스 강사와 협업해 민첩성 훈련을, 탁구 코치와 반응 속도 대결을 진행했다. 안산 한의사협회가 개발한 "게이머 특화 요가"로 손목과 어깨 근육을 관리하는 시간도 가졌다.

4일 차에는 안산시립과학관의 VR 체험실을 활용한 팀워크 및 문제 해결 능력 향상 프로그램이 진행되었다. 선수들은 실제 크기의 소환사의 협곡 VR 모형 안에서 게임 내 오브젝트를 물리적으로 찾아야 했다.

"용 떴다!"

제성이 외쳤다.

"전령은 어디 있지?"

필승이 주변을 둘러보며 물었다. 이런 과정을 통해 팀원들은 실제 게임에서의 맵 인식 능력과 팀워크를 크게 향상시켰다.

전지훈련의 마지막 날, 무적 팀은 어디론가 이동했다. 이날은 특히 도착하기 전까지 그 목적지를 말해주지 않아 다들 궁금해하고 있었다. 확실한 것은 안산을 떠나 서울로 들어왔다는 사실이었다. 도착해 보니 어떤 행사장인 게 확실했다. 사람들이 길게 줄을 서 있고, 익숙한 로고들이 여기저기 보이고 있었다. 밴에서 내리는 팀원들을 하이건이 직접 맞아 주었다.

"오늘은 특별한 경기를 치르게 될 거예요. 완전한 어웨이 환경에서 우리의 실력을 시험해볼 거예요."

이건이 설명했다. 그들이 내린 곳은 다름 아닌 에이플러스 게이밍의 팬미팅 현장이었다. 이날의 일방적 어웨이 환경을 위해 이건이 안 본부장에게 특별히 부탁해 준비한 스페셜 매치였다. 일방적인 응원 속에서도 경기하는 모습을 보여줘야 했다.

에이플러스 게이밍의 팬미팅 장소는 홍대입구역 근처 이스포츠 특설 무대였다. 300석 규모의 관람석은 에이플러스 게이밍의 열성 팬들로 가득 찼다. 무적 팀은 이런 압도적인 원정 분위기 속에서 경기를 치러야 했다. 이는 이건이 의도적으로 준비한 극한의 상황이었다. 실제 대회에서 마주할 수 있는 최악의 환경을 미리 경험하게 하려는 전략이었다.

경기는 2:1로 에이플러스 게이밍의 승리로 끝났지만, 무적 팀은 예상외의 선전을 펼쳤다. 첫 세트에서는 압도적인 분위기에 눌려 패배했지만, 두 번째 세트에서는 놀라운 집중력을 발휘하며 승리를 거뒀다. 마지막 세트에서는 팽팽한 접전 끝에 아쉽게 패배했지만, 선수들의 눈빛에는 자신감이 가득했다. 승헌은 경기에서 졌음에도 K스파컵 결승에서 만나자는 재치 있는 농담을 던져 아낌없는 박수를 받았다. 경기가 끝난 후, 이건은 팀원들을 모아 놓고 이야기를 나눴다.

"오늘 우리가 보여준 건 단순한 경기 결과 이상의 의미가 있어요. 우리는 최악의 상황에서도 우리의 실력을 발휘할 수 있다는 걸 증명했습니다."

전지훈련을 마친 팀원들의 얼굴에는 피로가 가득했지만, 그를 뛰어넘는 성취감이 온몸을 감쌌다.

전지훈련을 마친 후 각자 방으로 흩어진 뒤 이건은 집으로 돌아와 침대에 누웠다.

"진짜… 내가 여기까지 올 줄은 몰랐네."

이건은 창밖으로 보이는 야경을 바라보며 혼잣말처럼 중얼거렸다. 그의 스마트폰에는 전지훈련 기간 동안 찍힌 수백 장의 사진들이 저장되어 있었다. 운동이라곤 해본 적 없는 선수들이 체력 훈련한다면서 땀 흘리며 뛰는 장면, VR 시뮬레이션에서 장로를 보며 바닥에 기절하듯 쓰러진 장면, 무대 위에서 관중석의 환호를 받으며 스크린을 내려치는 순간들이 가득했다.

그때 뉴스 알림이 그의 휴대폰 화면을 밝혔다.

[단독] 레몬과즙, 대리게임 과거 고백 "반성 중"

기사 속 동영상에서 레몬과즙은 창백한 얼굴로 검정색 셔츠를 입은 채 카메라를 응시하고 있었다.

"저는… 제가 한 행동이 얼마나 잘못됐는지 이제야 깨달았습니다. 그동안 받은 모든 수익금을 다 환불하고 자숙하도록 하겠습니다."

이건의 심장이 쿵쾅거렸다. 그는 디스코드 채팅 기록을 뒤지기 시작했다. 1년 전 대화창이 스크롤되며 '올르로트사랑해'라는 닉네임과 주고받은 메시지들이 튀어나왔다.

시다셔 2024.11.07. 01:23
오빠 내일 새벽 4시까지 3판만 더 해줘. 이번에 호구 완전 잘 걸렸어

 **울르로트사랑해** 2024.11.07. 01:24
알겠는데 목소리 안 튀게 조심해

"당시 함께했던 분 중에는 현역으로 활동하는 분들도 있습니다. 제가 이름을 밝히진 않겠지만 공개 여부는 그분들의 양심에 맡기겠습니다."

레몬과즙은 90도로 허리를 숙이며 영상을 마무리했다. 창문 너머 안산의 밤은 고요했지만, 이건은 뛰는 심장 소리에 스스로 놀랄 정도였다. 손등에 맺힌 땀방울은 스마트폰 화면 위로 흘러내려 번져갔다.

18화

그땐 몰랐지

"당신을 위한 5시간, 핫파이브! 마시면 힘이 솟아나요!"

"오케이, 컷! 자… 오늘은 여기까지로 마무리하시죠! 수고하셨습니다."

하이건은 지쳤다는 표정으로 어깨를 축 늘어뜨리며 대기실로 돌아갔다.

"야 장난하냐, 이걸로 어떻게 광고를 찍어. 4시간을 찍어도 어떻게 표정이 저러지? 컷들이 완전 다 쓰레기라 쓸 게 없다."

돌아가는 이건 위로 영상 PD의 볼멘소리가 자그마하게 들렸다. 이건은 대기실로 돌아와 자리에 털썩 앉으며 매니저를 향해 손짓했다. 팀 매니저로 보이는 남성이 그에게 커피를 건넸다.

"아, 이거 뭐야. 형, 저는 산미 있는 것만 마신다고 했잖아요. 입 버렸네, 진짜. 이거 어디 커피예요? 딱 봐도 2천 원짜리 싸구려 맛인데."

커피를 한 모금 입에 넣은 이건은 바로 커피를 바닥에 뱉으며 짜증 난 소리로 얘기했다. 주변이 조용해지며 어색한 기운이 돌았다.

"수고하셨습니다."

이건은 수고했다는 말과 함께 억지 미소를 남기며 촬영장을 나섰다.

"이건아, 잠시만!"

팀 매니저가 그를 불렀다.

"다음 스케줄 좀 미리 얘기할게. 오늘 저녁 팬미팅, 내일은 신제품 발표회, 모레는 이스포츠 옵저버 인터뷰 있으니까 기억하고."

매니저의 말을 듣던 이건은 짜증을 섞어 대꾸했다.

"아, 진짜! 저 지금 연습해야 하는데… 매일 이런 거 계속해야 해요? 단장님, 저 선수잖아요, 선수!"

옆에 있던 단장 이황태는 이제 그러려니 체념한 듯 쓴웃음을 지었다.

"이건아, 스폰서도 챙겨야지. 이것도 다 돈이다. 네 월급 누가 주는지 잘 생각해 봐. 그리고 팬들은 네가 웃는 모습 보고 싶어 해."

이건은 못마땅한 표정으로 말없이 휴대폰으로 시선을 돌렸다. 그를 태운 차가 사옥 앞에 도착하자 자신을 기다리는 팬들이 가득했다. 이건은 창문을 살짝 내리고 그들을 향해 억지 미소를 지어 보이며 준비한 선물을 받았다. 연습실로 돌아와 스크림을 마저 마치고 숙소로 돌아왔다. 숙소는 늘 엉망진창이었다. 너저분하게 널린 옷가지와 과자 봉투, 컵라면 용기들. 치워도 치워도 끝이 없는 쓰레기 더미를 애써 외면하며 침대에 몸을 던졌다.

휴대폰을 켜 커뮤니티 게시판을 확인하던 그는 자신의 닉네임이 언급된 게시글을 발견했다.

[Dokdo, 표정 봐라. 도대체 팬 서비스는 언제 제대로 할 거임??? 맨날 사인만 찍찍, 멘트 복붙하는 거 진짜 질린다]

[팬 무시하는 거 티 너무 남. 꼬우면 은퇴하던가]

댓글들을 쭉 읽어보니, 대부분이 자신을 비난하는 내용이었다. 그는 늘 봐왔던 레퍼토리였기에 대수롭지 않게 여기며 휴대폰을 덮었다. 그러나 그의 마음속에는 묘한 불편함이 자리 잡았다.

이건은 어린 시절 내성적인 성격 탓에 학교 친구들과 잘 어울리지 못했다. 학업 성적도 평범했던 그는 뚜렷한 꿈도, 특기도 없이 방황하는 시간을 보냈다. 식당을 운영하시는 부모님은 딱히 자신에게 원하는 것도 없어 보였다. 그러던 어느 날, 친구의 권유로 우연히 ROL이라는 게임을 접하게 되었다. 5:5로 팀을 이뤄 싸우는 이 게임은, 처음에는 그에게 낯설고 어렵게만 느껴졌다. 하지만 며칠 밤낮으로 게임에 몰두하면서, 그는 점차 ROL의 매력에 빠져들기 시작했다.

게임을 좋아하게 되자 그는 ROL이란 게임을 정복해보고 싶은 생각이 들었다. 그는 처음에는 솔로 플레이를 즐기며 랭크를 끌어올리는 데 열을 올렸지만, 클랜에 가입하며 팀플레이의 맛에 더 빠지게 되었다. 하지만 게임에 빠져들수록, 그는 점점 현실과 멀어졌다. 학교 수업은 뒷전이었고, 현실 세계 인간관계도 소홀해졌다. 그는 오직 ROL에만 집중하며, 자신의 모든 시간을 쏟아부었다. 그는 밥 먹는 시간도 아껴 가며, ROL 관련 커뮤니티를 탐색하고, 프로선수들의 경기 영상을 분석했다. 그의 실력은 일취월장했다. 그는 클랜들과 함께 만든 팀에 합류하여 각종 대회에 참가했고, 경기 중에서도 뛰어난 성적을 거두며 ROL 판에서 이름을 알리기 시작했다. 하지만 프로게이머로 데뷔하기에는 실력이 충분치 않았고, 되는 법도 알지 못했다.

그러던 중, 어느 날 갑자기 히어로즈2077이라는 새로운 MOBA 게임이 출시되었다. ROL과 비슷한 게임 방식이었지만, 더욱 복잡한 전략과 팀워크를 요구하는 게임이었다. 이건은 히어로즈2077을 접하자마자 푹 빠져들었다. 그는 ROL에서 갈고닦은 실력을 바탕으로 히어로즈2077에서도 빠르게 두각을 나타냈다. 히어로즈2077은 그에게 단순한 게임이 아닌, 새로운 가능성을 열어주는 통로가 되었다. 특히 이제 막 출시되며 인기를 끌던 이 게임은 바로 이스포츠를 시작하며 뭔가 새로운 리그의 태동을 예고하고 있었다. 이건은 그 모멘텀이 왠지 자신에게 기회가 될 거라 믿었다.

10월 15일.

K스파컵에 진출할 단 한 팀을 정하는 진출전에서 무적은 압도적인 실력 차로 연달아 승리하며 이미 결승에 진출해 있었다.

4강이 끝나고 숙소로 돌아온 이건은 모니터 앞에 앉아 지난 2경기를 복기하고 있는 백연후를 바라보고 있었다. 연후는 팀원들의 플레이를 하나하나 돌려보며, 그의 노트에 고쳐야 할 점들을 꼼꼼히 적고 있었다.

팀원들은 진출전을 넘어 K스파컵 우승이라는 하나의 목표를 향해 똘똘 뭉쳤다. 지난 전지훈련은 큰 경기를 앞둔 그들에게는 큰 보약이 되었다. 백연후 감독은 더욱 강도 높은 훈련을 지시했고, 선수들은 이제는 당연하다는 듯 그의 지시를 따랐다. 이건과 겨울은 팀의 사기를 북돋우며 훈련에 필요한 모든 지원을 아끼지 않았다.

"다들 수고하셨어요. 잠깐 쉬면서 드세요!"

"오, 치킨, 오늘 무슨 날이야? 지나가 쏘는 거야?"

"당연하죠! 오늘은 우리 팀이 4강에서 이긴 날이니까!"

선수들은 환호하며 피드백을 하다 말고 치킨을 집어 들었다. 연후도 그런 선수들을 말리지 않고, 그들의 모습을 바라보며 미소를 지었다.

"다들 지칠 텐데, 오늘은 여기까지 하자. 남은 시간은 개인 정비 하자고."

"정말요? 웬일로 푹 쉬게 해 주신대?"

찬기가 장난스럽게 물었다.

"아, 자꾸 말 많네. 쉬고 싶으면 쉬고, 아니면 솔랭 하던가."

연후의 말에 선수들은 웃음을 터뜨렸다. 그들의 웃음소리가 늦은 밤의 정적을 깨뜨렸다. 그 모습을 바라보던 이건은 문득 과거 자신이 몸담았던 스톰브레이커즈 팀원들을 떠올렸다.

"단장님, 너무 멍때리는 거 아니에요? 무슨 생각을 그렇게 하세요?"

"어… 아니야. 다들, 힘든데도 잘 따라와 줘서 고마워."

"아 진짜 소름 돋게 아름다운 멘트에요 단장님. 그런 멘트를 어떻게 입 밖으로 내지? 하하하"

제성의 대답과 함께 선수들은 각자 손하트, 주먹을 쥐어 보이는 등 저마다의 방식으로 이건에게 화답했다.

"자자, 이제 푹 쉬고 내일 훈련 때 봅시다!"

선수들이 연습실을 빠져나가자, 겨울이 다가와 그의 어깨를 두드렸다.

"형 이제 좀 단장 같네. 선수 땐 그렇게 싸가지가 없더니."

그의 장난스러운 말에 이건은 웃으며 대답했다.

"그러게. 나도 나이 먹었나 봐. 그때 황태 단장님이 늘 그랬지. 사람이 가장 후회하는 게, 곁에 있을 때 잘해 주지 못하는 거라고. 그 말의 의미를 이제야 알겠어."

***

"그때는, 모든 게 계획대로 흐르는 강물 같았죠."

이건의 시선은 허공 어딘가를 응시했다. 그의 입가에 옅은 미소가 번졌지만, 눈빛은 아련한 추억에 잠긴 듯 아득했다.

"제 인생의 두 번째 기회를 제대로 움켜쥐었다고 느꼈습니다. 단장으로서의 삶도, 마치 선수 시절의 영광이 재현되는 듯했으니까요. 모든 것이 순조로웠죠."

애슐리 킴은 미소를 지으며 다음 질문을 던졌다.

"점점 우승 가시권으로 들어온 팀 성적에 하늘 높은 줄 모르고 치솟는 SNS 인기, 신데렐라 스토리의 주인공인 단장님, 그리고 안산시의 대대적인 지원까지. 이렇게 모든 게 다 계획대로 맞아떨어진 비결이 있을까요?"

이건은 잠시 생각에 잠겼다가 입을 열었다.

"뻔한 얘기겠지만, 팀워크의 결과라고 생각해요. 그리고 또 이 스포츠 산업의 특성이라고도 볼 수 있죠. 미래를 전혀 예측할 수 없지만, 또 누구든지 도전하고 성공할 수 있는 분야가 바로 이스포츠인 것 같아요."

"그게 무슨 말이죠?"

애슐리 킴이 흥미로운 듯 되물었다.

"이스포츠는 그 게임을 아는 사람만이 이해하고 좋아할 수 있는 산업이에요. 게임의 수명이 존재하기 때문에 영원히 대중적이기 어려울 수도 있죠. 어떤 게임은 15년 이상 장수하기도 하지만, 대부분의 경쟁 게임들은 1년을 채 넘기지 못하고 사라지곤 해요. 반면에 새로운 게임들이 끊임없이 출시되며 이스포츠라는 이름 아래 모두에게 기회를 부여합니다. 팀이 만들어지고 없어지는 경우가 허다하다는 것은, 역설적으로 누구든지 게임 팀을 만들어 정상으로 올라갈 수 있는 사다리가 존재한다는 뜻이기도 해요."

"누구에게나 사다리가 있다는 건, 기회의 공평한 부여라고 들리네요?"

"네, 맞아요. 내일 어떤 메가 히트 이스포츠 게임이 나올지 모르고, 그때 만들어지는 팀들은 모두 새로운 기회를 부여받는다고 믿습니다. 제가 '히어로즈2077'에 처음 뛰어들었을 때 제가 무슨 자격이 있었나요? 그냥 게임을 좋아하는 어린애였을 뿐이죠."

이건은 잠시 말을 고르다가 답변을 이어나갔다.

"감독, 단장, 마케터, 세일즈맨, 팀 매니저 등 각자의 역할은 게임의 흥망성쇠와 관계없이 늘 존재해요. 그 과정에서 많은 이들이 또 일할 수 있는 기회를 얻는다고 생각합니다. 저희 팀원들은 각자의 분야에 확고한 열정이 있었던 것 같아요. 마케팅을 총괄하는 민지나 님, 제 전 팀 동료이자 팀 매니저인 한겨울 님, 그리고 레인디어 감독님까지, 모두가 자신의 직군에 끊임없이 열정을 가지고 있었기 때문에 기회가 왔을 때 뭉칠 수 있었던 겁니다. 각자가 자기 역할을 충실히 해 줘서 그때의 좋은 결과가 있었다고 생각해요."

"그렇네요. 다만 모든 일에는 우여곡절이 없을 수 없죠. 단장님도 마찬가지고요. 그럼 이번엔 가장 중요한, 하지만 꺼내기 싫으실 수도 있는 얘기를 시작해 봐야 할 것 같아요."

애슐리 킴의 표정이 진지해졌다.

19화
울르로트사랑해

무적의 연습실은 활기로 가득 찼다. 그들은 모두의 예상대로 K스파컵 진출 최종전마저 3:0 완승을 거두며 K스파컵 진출을 확정 지었다. 팀의 분위기는 그 어느 때보다 고조되어 있었다. 선수들의 얼굴에는 자신감이 넘쳤고, 연습 시간마다 웃음소리가 끊이지 않았다.

"제성이형, 아까 플레이 진짜 인정, 이래서 예전에 제성 장군 소리 들었구나."

찬기가 환하게 웃으며 물었다.

"야, 형이 오버워치 시절에 괜히 잘 나간 게 아니야. K스파컵, 내가 캐리할게. 딱 맡겨!"

연후는 만족스러운 표정으로 선수들을 바라보았다.

"얘들아, 지금 이 기세를 잃지 말고 계속 가자. 우리는 충분히 해낼 수 있어. 기억하지? 초반 10분은 우리가 연습한 정말 그대로 진행되어야 해. 초 단위로 연습했잖아 우리."

총 12팀이 참가하는 올해 K스파컵은 RCK 9개 팀 (보통 1군, 2군 혼합 로스터), 해외 초청팀 2개(베트남, 대만), 그리고 진출전을 통해 올라온 '무적'으로 구성되었다. 대회 포맷은 첫 라운드에 6개 팀씩 2개 조(A, B)로 나뉘어 모두 한 번씩 대결하고 각 조 상위 네 팀이 8강 토너먼트에 나가 우승자를 가리는 방식이었다.

무적은 A조에 배정되었고, 그들의 경쟁자로는 P1, TRX, 웜보콤보, 스톤헨지, 그리고 베트남 초청팀이 있었다. 비록 강팀들과 한 조에 속했지만, 무적 팀원들의 자신감은 하늘을 찔렀다. 팀의 유니폼도 조금 더 세련되게 디자인되어 다시 생산했다. 유니폼 가슴에는 '안산시' 로고가, 소매에는 새로운 스폰서인 '두리치킨' 로고가 새겨져 있었다.

무적은 지스타에서 열린 초청전에서 많은 인기를 끌었다. 당초 전승으로 이기겠다던 백연후 감독은 조금 마음을 내려놓고 좀 더 팬들을 즐겁게 해 주자는 전략을 제안했다. 그러면서 이건에게 자신과 함께 직접 경기에 뛰자고 부추겼다. 경기는 진지함 대신 엉성함과 어설픈 전략, 장난기가 가득 담긴 플레이로 이어지며 많은 이들에게 기쁨을 주었다. 당시 김새일은 무적의 홍보 부스 앞에 나가 끊임없이 후원사들을 만났고, 그 첫 번째 성과로 '두리치킨'이 후원사가 된 것이다.

* * *

드디어 K스파컵이 시작되었다.

무적의 활약은 이스포츠 팬들 사이에서 화제가 되었다. 온라인 커뮤니티에서는 무적을 응원하는 글들이 넘쳐났고, 경기장을 찾는 팬들의 수도 늘어갔다.

무적의 성공은 안산 지역 경제에도 긍정적인 영향을 미쳤다. 베트남 초청팀과의 첫 경기는 안산 인근 상가와 PC방에서의 뷰잉 파티로 이어졌다. 안산 내 베트남 커뮤니티와 무적의 팬덤 사이에 열띤 응원이 이어졌다. 그로 인해 저녁 시간이면 도심과 주변 상권이 활기를 띠기 시작했다. K스파컵 1라운드가 끝나갈 무렵, 무적은 5전 4승 1패라는 놀라운 성적으로 조 2위를 차지했다. 유일한 패배는 P1을 상대로 한 경기였지만, 그마저도 접전 끝에 아쉽게 패한 것이었다. 토너먼트를 며칠 앞둔 팀원들은 이미 결승 진출을 꿈꾸고 있었다.

하이건은 연일 쏟아지는 인터뷰 요청에 정신이 없었다. 그중 이스포츠 최대 언론인 '게임 투데이' 김승철 기자와의 1:1 라이브 인터뷰를 앞두고 있었다. 인터뷰 당일, 이건은 정장 차림에 무적 팀 로고 배지를 달고 긴장된 모습으로 인터뷰장에 도착했다.

"안녕하세요, 하 단장님, 김승철입니다. 오늘 이렇게 시간 내주셔서 감사합니다."

"아닙니다. 저희 팀을 주목해 주셔서 오히려 제가 감사드립니다."

"무적의 최근 성적이 정말 놀랍습니다. K스파컵까지 올라오는 여정도 상당히 많은 스포트라이트를 받으셨고, 지금 대회도 1라운드를 2위로 올라가는 쾌거를 거두셨는데, 비결이 무엇인가요?"

이건은 잠시 생각에 잠겼다가 대답했다.

"우리 팀의 가장 큰 강점은 팀워크라고 생각합니다. 선수들 각자의 실력도 뛰어나지만, 그 이상으로 서로를 믿고 의지하는 마음이 크죠. 그리고 백연후 감독님의 리더십과 홍승헌 선수의 안정적인 주장 역할도 큰 힘이 되고 있습니다."

"K스파컵에서의 목표는 어떻게 되시나요?"

"물론 우승입니다. 우리는 RCK 팀들과 겨뤄도 밀리지 않는다는 것을 증명하고 싶습니다. 그리고 그렇게 할 수 있다고 믿습니다."

인터뷰는 유튜브에서 라이브로 진행되고 있었고, 진행되는 동안 이건의 자신감 넘치는 모습에 시청자들의 반응도 뜨거웠다. 실시간 채팅창에는 응원의 메시지가 쏟아졌다. 인터뷰는 순조롭게 진행되고 있었다. 이건은 무적의 성공 비결과 앞으로의 계획에 대해 자신감 있게 대답하고 있었다. 그의 표정에는 여유가 묻어났고, 목소리에는 힘이 실려 있었다. 김승철 기자는 고개를 끄덕이며 미소 지었다. 그러나 그 미소 뒤에는 날카로운 눈빛이 숨겨져 있었다.

"단장님, 지금까지 무적의 현재와 미래에 대해 말씀해 주셨는데요. 최근 데뷔하는 아마추어 선수 중에 과거에 대리게임을 관습적으로 행해오던 선수들이 더러 있다고 하는데 이에 대해서는 어떻게 생각하시나요?"

순간 둘 사이에 정적이 흘렀다.

"아… 대리게임이요? 저는 어떤 선수가 그랬는지 아는 정보가 없는데요. 잘못된 일이라고 생각합니다. 이에 대해서는 명확히 규명해야겠죠."

"그럼 본인에 대한 대리게임 의혹도 있다는 사실을 아시나요? 그것도 오랜 기간 상당한 금액을 받아오며 이어왔다는 제보가 있습니다. 이에 대해 말씀해 주실 내용이 있으십니까?"

이건은 아무 말을 할 수 없었다. 김승철 기자는 뭔가 걸려들었다는 듯한 눈빛으로 말을 이었다.

"저희가 입수한 자료에 따르면, 2024년 6월 15일부터 12월 3일까지 총 37회에 걸쳐 대리게임을 한 기록이 있습니다. 당시 사용한 아이디는 'GodHand777', 닉네임은 '울르로트사랑해'였고, 주로 새벽 1시에서 5시 사이에 활동했더군요."

이건의 얼굴이 점점 굳어갔다. 그는 입을 열려고 했지만, 말이 나오지 않았다. 김승철 기자는 계속해서 압박을 가했다.

"더불어 당시 대리게임 의뢰를 받은 채팅 로그도 확보했습니다. 여기 보시면…"

기자는 태블릿을 꺼내 이건에게 보여주었다. 화면에는 그의 것으로 추정되는 디스코드 대화 내용이 띄워져 있었다.

"이… 이건…"

이건은 말을 더듬었다.

"또한, 당시 대리게임으로 얻은 수익금을 입금받은 계좌 내역도 있습니다. 3개월 동안 총 450만 원을 벌었더군요. 하이건 님, 이에 대해 어떻게 설명하시겠습니까? 한 팀의 단장으로서 상당히 수치스러운 행동들이 아닐 수 없는데요. 이에 대해 항변 또는 인정하실 수 있나요?"

이건의 얼굴은 이제 완전히 핏기가 가셨다. 그는 잠시 침묵하다가 갑자기 자리에서 벌떡 일어났다.

"죄송합니다. 지금은 더 이상의 인터뷰를 진행하기 어려울 것 같습니다."

그는 마이크를 벗어던지고 황급히 스튜디오를 빠져나갔다. 뒤에서는 김승철 기자의 목소리가 들려왔다. 카메라 뒤편에서 인터뷰를 모니터링하던 지나는 떠나는 그의 모습을 아무 말 없이 바라보고만 있었다.

***

며칠 뒤 무적 사무실. 하이건은 창밖으로 보이는 안산의 밤거리를 멍하니 바라보고 있었다.

"형, 괜찮아요?"

겨울의 목소리에 이건은 고개를 돌려 그의 걱정스러운 표정을 마주했다.

"어… 겨울아."

이건은 힘없이 말했다.

"나 사실 너 만나기 전에 대리게임 뛰고 불법 ROL 과외를 하면서 하루하루를 지냈어. 그 기자가 한 말 다 사실이야."

이건은 고개를 바닥으로 떨구었다.

"그때는 정말 어리석었어. 돈이 필요하다는 이유로, 내 실력이 통한다는 오만에 그런 짓을 저질렀지. 매번 '이번이 마지막이야'라고 다짐하면서도 계속 반복했어."

한겨울이 조심스럽게 입을 열었다.

"형, 솔직히… 그게 그렇게까지 큰일인가 싶기도 해. 뭐, 남의 아이디로 몇 판 대신 해 준 게 그렇게까지 문제가 될 일인가? 옛날엔 다들 쉬쉬하면서 했던 거 아니야?"

"매니저님, 그렇게 말씀하시면 안 돼요."

지나의 목소리에는 날카로움이 묻어 있었다.

"사람들이 왜 이렇게 난리인지 모르겠다고요? 단장님은 단순한 '일반인'이 아니었어요. 한때 'Dokdo'라는 이름으로 전 세계가 주목했던 '슈퍼스타'였고, '핫파이브' 광고 모델까지 했던 이스포츠의 '아이콘'이었다고요! 그런 분이 불법 대리게임을 했다는 건, 일반인이 몇 판 한 것과는 차원이 다른 문제예요."

지나는 노트북을 펼쳐 관련 기사와 커뮤니티 게시물들을 보여주기 시작했다.

"이스포츠에서 '대리게임'은 단순한 불법의 문제가 아니에요. 프로선수들에게 대리게임 전적 있으면 '자격 박탈'이나 '영구 제명'까지 이어지는 거 모르세요? 기업 스폰서는 브랜드 이미지가 제일 중요한데, 대리게임 같은 비윤리적인 문제에 연루된 스타 선수 출신의 단장이라니요? 이건 말이 안 되죠. 우리 팀은 단장님이 여전히 가장 유명한 인플루언서인 것도 사실이고요."

그녀의 설명에 겨울의 얼굴이 점차 굳어갔다. 그는 비로소 자신이 상황의 심각성을 제대로 인지하지 못했음을 깨달았다. 이건은 고개를 들지 못했다. 지나의 말이, 그리고 그녀가 보여주는 자료들이 그의 잘못이 얼마나 큰 파장을 일으켰는지 여실히 증명하고 있었다. 이건은 겨울을 바라보며 말을 이었다.

"이제 와서 후회해봤자 소용없다는 걸 알아. 하지만 정말 미안해. 나 때문에 팀에 피해가 갈까 봐, 그리고 우리가 여기까지 쌓아온 모든 것들이 한순간에 무너질까 봐 두려워."

그때, 문이 열리며 연후 감독이 들어왔다. 그의 표정은 평소와 달리 심각해 보였다.

"모두 잠깐 회의실로 와 줄래?"

연후의 목소리에는 긴장감이 묻어 있었다. 회의실에는 다른 마케팅팀원들과 모든 선수가 모여 어두운 표정으로 넷을 맞이했다.

"자, 다들 모였으니 이야기를 시작하죠."

지나가 입을 열었다.

"현재 상황이 심각하다는 건 다들 알고 계실 거예요."

"그래서 어떻게 할 건가요?"

승헌이 물었다. 지나는 잠시 생각에 잠겼다가 말을 이었다.

"현 상황부터 말씀드릴게요. 일단 저희 SNS 채널들의 반응이 너무 안 좋아요. 그동안 악성 유저로 생각했던 사람들이 기회다 싶어서인지 여론을 선동하고 있고, 지난 며칠 새 구독이 약 3만 명 정도 빠져나갔어요. 그리고 유니폼 환불 신청도 꽤 되고요. 새일님, 후원사 쪽은 어때요?"

"아직 연락은 안 왔지만, 시청 게시판, 그리고 두리치킨 SNS에 저희 얘기가 많이 있어요. 마치 누가 댓글 조작을 한다고 느낄 정도로 비슷한 내용이 많아요. 제가 먼저 담당자들에게 문자를 보내 놨으니 내일쯤 통화하려 합니다."

"우선, 공식 사과문을 발표하고 향후 대응 방안을 논의해야 할 것 같아요. 단장님, 어떻게 생각하세요?"

모든 시선이 이건에게 집중됐다. 그는 잠시 고민하다가 입을 열었다.

"제가 사과하겠습니다. 제 잘못을 인정하고 팬들에게 진심으로 사과하겠습니다. 그리고 책임을 질게요. 제가 져야 할 책임을 가장 먼저 여러분께 솔직히 말하지 못했던 것에 대한 책임이에요. 그리고 팬들에게도 마찬가지고요."

이건의 말에 방에 있던 모든 이들은 침묵을 지켰다. 지지도 비난도 할 수 없는 불편한 공기가 방을 가득 채웠다.

"정면 돌파, 좋습니다. 그럼 사과문 작성을 시작하고, 앞으로의 대응 방안도 함께 논의해야겠어요. 또한 K스파컵 준비도 병행해야 하니, 효율적으로 시간을 분배해야 할 것 같아요."

지나가 담담하게 말했다.

팀은 밤늦게까지 회의를 이어갔다. 지나의 주도하에 사과문 작성부터 향후 대응 방안, 그리고 K스파컵 준비까지 모든 것을 꼼꼼히 논의했다. 그녀는 위기관리에 능숙한 모습을 보이며, 팀원들의 의견을 조율하고 효과적인 전략을 수립해 나갔다.

* * *

태헌은 커다란 모니터 세 대를 앞에 두고 의자에 비스듬히 앉아 있었다. 한 화면에서는 하이건의 인터뷰 영상이 재생되고 있었고, 다른 화면에는 무적 팀 관련 커뮤니티 게시글과 댓글들이 실시간으로 올라오고 있었다. 그때, 휴대폰이 울렸다.

"여보세요, 소원아. 방송 끝났어?"

수화기 너머로 성소원의 신이 난 듯한 소리가 들렸다. 태헌은 피식 웃었다.

"소원아, 이 바닥이 원래 그래. 네가 흘린 정보가 그만한 가치가 있었을 뿐이지. 네가 거짓말한 건 아무것도 없잖아. 아무튼, 김승철 기자한테 익명 제보한 게 제대로 먹힌 것 같아. 그 친구 특종 보도라면 앞뒤 안 가리거든."

태헌은 모니터의 댓글 창을 슥 훑어보았다. '하이건 사퇴해', '무적 해체해라', '안산시 후원 중단해' 등의 글들이 쉴 새 없이 올라오고 있었다. 그의 눈은 스크롤 되는 댓글 하나하나를 훑었다. 키보드 소리, 마우스 클릭 소리, 그리고 팬들의 날 선 비난. 그 모든 것이 그의 귓가에 꿀처럼 달콤하게 박혔다.

'그래, 이게 공정함이지. 나는 바닥에서 기어올라왔는데, 넌 편하게 스포트라이트를 받았잖아? 이제 그 대가를 치를 시간이야.'

그의 뒤틀린 정의감이 짜릿한 만족감으로 변하는 순간이었다.

"그건 네 팬들이 자발적으로 한 일이지. 내가 시켰다고 그렇게 다들 움직일 리가 있겠냐? 그만큼 네가 평소에 팬 관리를 잘했다는 증거 아니겠어? 그리고 뭐, 팬들이 팀을 생각하는 마음에 한 일이겠지. 나는 그저 정보를 전달했을 뿐이고, 여론이 형성되는 흐름을 좀 부추겼을 뿐이야. 그게 다 이 바닥의 생리 아니겠니?"

전화하는 순간에도 태헌의 시선은 여전히 커뮤니티 게시판에 고정되어 있었다. 댓글이 늘어날수록, 비난의 수위가 높아질수록 그의 입꼬리는 더욱 올라갔다.

"암튼, 수고했고, 너무 뻔한 댓글 여기저기 복사 붙여넣기 하지 마. IP 추적 안 당하게 네 친구들 다 다른 PC에서 하라고 잘 일러 주고. 당분간 서로 연락은 하지 말자고."

태헌은 그렇게 말하며 전화를 끊었다. 그는 다시 모니터 화면을 바라봤다. 하이건의 인터뷰 기사 아래 쏟아지는 수많은 댓글. 그는 조용히 의자 등받이에 몸을 기댔다. 마치 우승이라도 한 듯 흡족한 미소를 지으며, 다음 수를 생각하는 듯 눈을 감았다.

다음 날 아침, 무적의 공식 사과문이 발표됐다. 하이건은 직접 카메라 앞에 섰다.

"안녕하세요, 팀 무적의 단장 하이건입니다. 먼저, 저의 과거 행동에 대해 진심으로 사과드립니다. 제가 과거에 저지른 대리게임 행위는 절대 용납될 수 없는 잘못된 행동이었습니다. 당시 저는 그저 돈이 필요했고, 그것이 얼마나 큰 잘못인지 깊이 생각하지 못했습니다. 하지만 그것은 변명이 될 수 없습니다. 제 행동으로 인해 실망하고 상처받으신 모든 분께 진심으로 사과드립니다."

사과문 발표 후, 팬들의 반응은 엇갈렸다. 일부는 이건의 솔직한 고백을 받아들이며 응원의 메시지를 보냈지만, 여전히 많은 이들이 그의 자격을 의심했다. 온라인 커뮤니티는 이건에 대한 찬반 논쟁으로 뜨거워졌다.

이런 상황 속에서 무적은 내일 K스파컵 8강 경기를 앞두고 있었다. 이제 두 번 다시 기회가 없는 녹아웃 토너먼트임에도 팀 분위기는 최악이었다. 선수들은 연습에 집중하지 못했고, 코칭 스태프들은 전략 수립에 어려움을 겪었다. 연습실에서 승헌은 평소와 달리 실수를 연발했고, 제성은 연습 중에 말 대신 한숨만 내쉬고 있었다.

[우리는 단장님을 믿습니다. 어떤 적수도 없는 무적 하이건!]

무적의 팬클럽이 팀 숙소 앞에 응원 현수막을 걸고 격려의 메시지를 보냈다. 현수막을 본 이건과 팀원들의 얼굴에 조금씩 힘이 들어갔다. 하지만 현실은 그러지 못했다.

"단장님, 큰일 났습니다. 스폰서들로부터 계약 해지 및 손해배상 청구 통보가… 단순한 통보가 아닙니다. 지금 당장 법적 대응을 예고하고 있어요. 최소한의 유예 기간도 없이요."

"뭐라고요? 어떤 내용인지 자세히 설명해 주세요."

"안산시의 경우, 현재 시청 게시판에 민원이 폭주하고 있어, 어떤 강력한 조처를 해야 한다는 입장입니다. 시장이 직접 사과 성명을 발표해야 한다는 압박까지 받고 있다고 합니다. 시민단체에서도 무적 팀과의 모든 연관성을 끊으라고 시위를 시작했어요. 그래도 우리에게 쏟은 지원이 한두 푼이 아닌데 그들도 많이 곤란해하고 있어요."

새일이 보고 자료를 들고 와 심각한 표정으로 말했다.

"두리치킨의 경우도 비슷한 상황입니다. 우리 팀의 이미지 실추가 그들의 브랜드 가치에 직접적인 영향을 미친다고 판단하여 계약 해지와 함께 5억 원의 위약금을 요구하고 있습니다. 협상 여지조차 주지 않으려 합니다. 다른 중소 스폰서들도 줄줄이 계약 해지를 통보하고 있고요."

'5억?'

이건과 겨울, 지나의 얼굴이 창백해졌다. 5억. 그 숫자는 마치 거대한 암벽처럼 그들 앞에 가로막혔다. 새일의 설명을 들으며, 그들은 이스포츠 스폰서십 계약의 복잡성과 위험성을 처음으로 실감하게 되었다. 단순히 유니폼에 로고를 달고 경기에 출전하는 것 이상으로, 스폰서와 팀 사이에는 헤아릴 수 없는 법적, 재정적 책임이 얽혀있다는 것을 깨달았다.

"그럼 우리가 할 수 있는 게 뭐죠? 아무것도 할 수 없는 건가요?"

지나의 목소리가 떨렸다. 그녀의 눈가에는 금세 눈물이 글썽거렸다.

새일은 고개를 저었다. 그의 표정은 더할 나위 없이 절망적이었다.

"현재로서는… 우리에겐 이런 상황에 대처할 능력이 전혀 없어요. 대형 로펌을 선임할 자금도 없고, 법적 분쟁으로 가면 우리가 질 가능성이 99%입니다. 스폰서들의 요구를 수용하고 최대한 피해를 줄이는 것 외에는 다른 방법이 없어 보입니다."

회의실은 무거운 침묵에 휩싸였다.

"이건 다 제 잘못입니다. 제가 사퇴하겠습니다."

"아니, 그건 안 돼요!"

겨울이 소리쳤다.

"맞아요. 단장님. 우리는 팀이에요. 함께 이겨내야죠."

지나 역시 한마디 더 했다.

"제가 저지른 잘못으로 인해 여러분과 팀에 피해가 가는 것은 절대 용납할 수 없습니다. 이 모든 책임은 오롯이 저의 몫입니다. 이 위약금을 갚기 위해서라도, 제가 개인적으로 모든 책임을 지겠습니다. 남은 재산으로 해결이 안 된다면, 평생 빚을 갚아서라도 말입니다. 내일 아침 일찍 안산시와 두리치킨 스폰서 임원분들을 직접 만나 뵙고 상황을 설명하겠습니다. 제 개인적인 과오로 인한 것이며, 팀은 전혀 관련이 없다는 점을 분명히 말씀드리겠습니다."

이건의 목소리에는 흔들림이 없었다. 그는 강직한 표정으로 계속했다.

"여러분, 제가 한 일을 부인하거나 변명하지 않겠습니다. 결자해지라고 하죠. 제가 저지른 일은 제가 책임지겠습니다. 그것이 제가 여러분과 팀에 할 수 있는 최소한의 도리라고 생각합니다. 부디 이 상황이 지나갈 때까지 힘을 모아 주시기 바랍니다. 제가 사라진다고 팀이 무너지지 않는다는 것을 보여주십시오. 무적은… 저를 넘어설 수 있는 팀입니다. 여러분은 반드시 이 위기를 극복할 수 있을 것입니다."

그 누구도 이건의 말에 대답을 하지 못했다. 잠시 침묵이 흐른 후, 이건은 천천히 일어섰다. 그의 눈에는 결의와 함께 깊은 애정이 서려 있었다.

"여러분, 정말 미안합니다. 그리고 정말 감사했습니다. 지금 제 결심을 무책임이 아닌 책임으로 받아들여 주세요. 겨울아, 상황을 이렇게 만들어 미안해. 괜찮다면 네게 단장직을 넘겨줘도 될까?"

겨울은 조용히 고개를 끄덕였다. 이건은 책상 위에 놓여 있던 자신의 명함을 집어 들었다. 그는 잠시 그것을 바라보다가 조용히 반으로 접었다.

"이제 가볼게요. 여러분들의 여정은 끝이 아닙니다. 무대 뒤에서 계속 응원할게요."

그는 고개를 숙여 인사를 한 뒤, 천천히 회의실을 빠져나갔다. 이건은 회의실에서 나왔지만, 그의 발걸음은 좀처럼 떨어지지 않았다. 복도를 걸어 엘리베이터에 탔을 때, 그의 손은 무의식적으로 주머니 속 휴대폰을 움켜쥐었다. 차가운 금속의 감촉이 그의 심장박동처럼 빠르게 울렸다. 내려가는 동안 그는 눈을 감고 깊은숨을 내쉬었다. 로비에 도착해 건물을 나서자, 차가운 밤바람이 그의 얼굴을 스쳤다. 그는 마지막으로 한번 뒤를 돌아 무적의 사무실이 있는 건물을 바라보았다.

"잘 있어, 무적. 알고 보니 무적의 가장 큰 주적은 나였네."

그의 중얼거림은 밤공기 속으로 흩어졌다.

* * *

하이건은 자신의 원룸으로 돌아와 굳은 얼굴로 식탁에 앉아 있었다. 식탁 위에는 법률 자문 사이트에서 찾아본 '계약 위약금'에 대한 글이 띄워져 있었다.

'5억 원.'

숫자가 그의 눈앞에서 아른거렸다. 자신의 어리석은 선택이 불러온 파장이 너무나도 거대했다. 돈이 필요하다는 핑계로 시작된 일이, 이제는 팀의 꿈과 미래를 송두리째 흔들고 있었다. 그는 노트북을 덮고 주저앉았다. 심장이 찢어지는 듯한 고통이 밀려왔다.

'내가 떠났다고 이 모든 것이 해결되기나 할까?'

절망감이 그를 덮쳤다. 하지만 그 순간, 그의 머릿속에는 팀원들의 얼굴이 하나둘 스쳐 지나갔다. 밤샘 연습에 지쳐도 웃음을 잃지 않던 선수들, 묵묵히 팀을 지원하던 겨울과 지나, 그리고 자신을 믿고 따라와 준 백연후 감독. 이 모든 것이 자신의 책임이었다.

벽에 걸린 안산시 달력에는 K스파컵 8강전 날짜에 빨간 동그라미가 그려져 있었다.

***

밤이 깊었지만, 무적의 사무실은 여전히 불이 환했다. 하이건이 떠난 뒤, 남겨진 팀원들은 깊은 침묵 속에 잠겨 있었다. 지나, 겨울, 새일은 회의실 테이블에 둘러앉아 말없이 노트북 화면을 바라보고 있었다. 선수들은 각자의 방으로 흩어졌지만, 누구도 잠들지 못했다.

승헌은 침대에 앉아 천장을 멍하니 바라봤다. 이건 단장의 사과 방송이 머릿속을 떠나지 않았다.

'이 모든 책임은 오롯이 저의 몫입니다.'

그 말이 진심이라는 걸 알기에 더 마음이 무거웠다.

「우리는 단장님을 믿습니다!」

팬들이 걸어준 현수막 문구가 눈앞에 아른거렸다. 하지만 그 믿음이 지금의 무적에게 어떤 영향을 줄 수 있을지 알 수 없었다. 제성과 조명은 나란히 앉아 말없이 게임 화면만 보고 있었다. 연습에 집중해야 하지만, 손가락은 제멋대로 움직였다. 찬기는 불안한 표정으로 핫팩을 만지작거렸다.

회의실의 분위기도 마찬가지였다.

"단장님 없이… 우리가 이걸 어떻게 해요?"

지나의 목소리는 희미하게 떨렸다. 그녀는 새일과 겨울을 번갈아 보았지만, 두 사람의 얼굴에도 깊은 그늘이 드리워져 있었다.

김새일은 노트북 화면을 띄웠다. '스폰서십 계약 해지 및 손해배상 청구'라는 붉은 글씨가 눈을 찔렀다.

"안산시와 두리치킨 측에서 최종 통보가 왔습니다. 법적 대응을 강행하겠다고 해요. 위약금과 추가 손해배상까지."

그의 목소리에는 절망감이 묻어 있었다.

"저도 밤낮으로 연락했지만, 단장님의 대리게임 과거 때문에 어느 기업도 긍정적인 답을 주지 않습니다. 오히려 협상 중이던 후원사들까지 등을 돌리고 있어요. 이대로는 팀이 버티기 어렵습니다."

지나는 손끝을 움켜쥐며 고개를 들었다.

"단장님이 떠났다고 이 모든 걸 포기할 순 없어요. 우리가 얼마나 어렵게 여기까지 왔는데요. 팬들이, 안산시가 우리를 믿어줬잖아요. 이대로 무너질 순 없어요."

겨울이 안경을 고쳐 쓰며 차분히 말했다.

"단장님이 사퇴를 결정했지만, 그게 능사는 아니에요. 우리는 팀이고, 함께 이겨내야 합니다."

그는 이건이 가장 먼저 걱정했던 '책임'의 무게를 떠올렸다. '

솔직하지 못했던 것에 대한 책임'. 하지만 지금은 그런 내적 책임감을 넘어, 팀의 생존을 위한 실질적인 해법이 필요했다. 새일은 잠시 눈을 감았다가 자리에서 일어났다.

"현실적으로는 스폰서의 요구를 수용하고 피해를 최소화하는 것 외엔 방법이 없어 보입니다. 하지만… 방법이 없는 건 아닐 겁니다. 우리가 '무적'이잖아요."

그의 말에 희미하게나마 팀원들의 눈빛에 생기가 돌았다.

"우선, 라이언 게임즈와 협회에 우리 상황을 투명하게 설명하고 최대한 도움을 구합시다. 다행히 두리치킨은 RCK도 후원하고 있으니까, 라이언 쪽에서 중재해준다면 희망이 있어요. 그리고 법적 자문단도 꾸려야 합니다."

지나가 고개를 끄덕였다.

"그래요. 우리만의 돌파구를 찾아야 해요."

회의실 안은 다시 조용해졌지만, 그들의 눈빛에는 희미하게나마 생기가 돌았다. 밤이 깊어갔지만, 무적의 사무실 불은 꺼지지 않았다.

20화
눈물 젖은 배달통

"딸기 초코쉘 세트 4인용, 28,500원짜리 맞죠?"

"네 주문번호 231번이요."

배달부는 헬멧을 눌러쓴 채 디저트가 담긴 포장 봉투를 픽업해 자신의 오토바이로 돌아왔다. 시동을 걸면서 다음 주문 픽업을 하러 갈 길을 머릿속으로 그리고 있었다. 하이건의 하루는 배달 아르바이트로 시작됐다. 그는 검은 유니폼을 입고, 도시의 거리를 돌아다니며 음식을 배달했다. 일하는 약 15시간 동안 구석에서 혼자 밥 먹는 시간을 제외하고는 절대 헬멧을 벗지 않았다. 그는 누구에게도 알아볼 수 없는 존재가 되었다.

그의 삶은 이제 완전히 다른 세계로 건너와 있었다. 손에는 무거운 배달 봉투가 가득했고, 발은 수많은 계단을 맞이했다. 남들보다 더 많은 배달을 수락했고, 도로 위의 오토바이 속에서 살았다.

저녁이 되면 이건은 피곤한 몸을 이끌고 집으로 돌아왔다. 그는 간단한 저녁 식사를 하고, 아무 생각 없이 잠자리에 들었다. 그의 마음은 이미 비어 있었고, 더 이상 아무것도 느끼지 않았다.

하지만 잠들기 전, 지난날의 기억이 그를 괴롭혔다. 무적의 선수들과 함께했던 순간들, 승리와 패배로 웃고 울던 시간들, 지나고 나면 즐거운 추억이었어야 할 것이 그의 불면증의 원인으로 변했다. 이건은 모든 기억을 잊고 싶었다. 그를 위해 더 단순히 살아야 했다. 늦은 시간 혹여나 부모님이 깰까 조심스레 부모님 식당 문을 열고 들어간 그는 구석에 켜져 있는 작은 불빛과 사람 실루엣을 발견했다. 혼자 소주를 드시는 아버지의 뒷모습, 그 모습은 평소와 다르게 쓸쓸해 보였다. 이건은 조용히 아버지 앞에 앉았다. 아버지는 조금 놀란 눈치였지만, 가벼운 미소와 함께 자리에서 일어나 작은 잔을 하나 가져왔다.

똘똘똘똘.

7부 능선까지 능숙하게 따른 아버지. 그는 별말 없이 서로 잔을 부딪친 후 한잔 들이켰다. 이건은 아버지와 함께 소주를 마시며, 처음 말문을 텄다.

"아버지, 오늘 배달하다 국물 흘렸어요. 이게 앞차가 급정거해서 저도 그만, 하하하."

별 웃기지도 않은 농담을 던지는 이건의 눈에서는 눈물이 흘러내리고 있었다.

"아버지, 또 실망하게 해 드려 죄송해요."

"아니야, 이건아."

아버지가 그의 손을 잡았다.

"너는 충분히 잘했어. 젊은 나이에 산전수전 다 겪게 한 내 마음이 너무 아프다. 내가 미안해. 넌 누구보다 큰 도전을 가지고 세상에 다시 나갔어. 대담하게 도전했고, 그만큼의 결과를 얻었어. 중요한 건 그 경험을 통해 배운 것을 다음에 어떻게 활용하느냐야."

이건은 이미 알고 있었다. 부모님은 이건이 사퇴를 한 이후에도 무적 선수단에 계속해서 음식을 제공하고 있었다는 것을. 지나가 거의 매일 들러 자신의 안부를 묻고 부모님과 교류하고 있다는 사실을. 하지만 부모님은 이건에게 단 한 번도 이 건으로 얘기를 꺼내거나 다시 돌아가라고 얘기한 적이 없다.

"고마워요, 아버지."

이건이 말했다.

"저도 곧 다시 정신 차릴 테니 조금만 시간을 주세요. 이스포츠는 아니더라도 반드시 다시 일어나서 당당한 제가 될게요. 저도 이번에 느낀 게 많아요. 이 무모한 도전은 어차피 제게 조금 버거웠는지 몰라요. 미련을 가지면 정말 제가 더 힘들 것 같아 일부러 더 저를 몰아붙였어요."

아버지도 눈물을 흘리며 이건을 바라보았다. 어느덧 부쩍 어른스러워진 아들이 자신보다 커진 느낌을 받았다.

***

2주 후.

김이 모락모락 올라오는 식당 주방, 하이건은 플라스틱 반찬통에 깍두기를 담으면서 아버지를 바라봤다.

"아버지, 이거 미도 맨션 302호 맞죠? 주문번호 12번요."

"어 맞아, 한양 대학3길 거기 사거리 근처 알지?"

이건은 포장을 마무리하고 식당 앞을 나섰다. 요즘 그는 부모님 가게 음식 배달 대부분을 책임지고 있었다. 이전과 다르게 고객들과 만나 배송을 하는 순간에는 헬멧을 벗고 꼭 눈을 마주치며 인사를 하곤 했다. 예전에는 헬멧을 벗고 다니는 것이 불가능했다. 마치 그걸 벗는 순간, 온 세상이 자신을 향해 손가락질할 것 같았다. 하지만 막상 손님들을 마주하며 생활하다 보니, 아무도 그를 신경 쓰지 않는다는 걸 알게 되었다.

'이렇게까지 내가 스스로를 가둬왔던 건가…'

그는 처음으로 깨달았다. 인터넷 속에서는 모든 시선이 자신을 향한 것 같았지만, 현실에서는 그저 수많은 사람 중 하나일 뿐이었다.

이건이 배달 가방을 메고 오토바이를 세운 곳은 대학교 근처의 오래된 하숙촌이었다. 좁은 골목길을 따라 올라가자, 낡은 3

층 건물이 보였다. 간판도 없는 허름한 건물이었지만, 창문마다 커튼이 드리워져 있고 곳곳에서 음식 냄새가 풍겨왔다. 학생들이 삼삼오오 모여 라면을 끓이고, 게임을 하면서 웃고 떠드는 소리가 들렸다.

"302호… 여기 맞네."

이건은 헬멧을 벗고 가방을 정리하며 문 앞에 섰다. 그리고 벨을 눌렀다.

띵-동.

안에서는 떠들썩한 소리가 들렸다. 문이 열리고 한 친구가 음식을 받고 있었다. 평소 같으면 그냥 음식을 놓고 가지만, 오늘은 대학교 학생들에게 부모님 식당을 알리고자 별도로 챙겨온 야쿠르트를 직접 전달하고 싶어서 짧게 인사를 하려고 했다.

"야, 야! 잠깐! 한타 간다, 간다!"

"뭐? 아, 이거 놓치면 안 되는데…"

문 앞에 나온 학생은 음식을 받는 둥 마는 둥 하며 갑자기 몸을 뒤로 돌려 다시 경기를 보고 있었다. 한 여섯 명 정도의 젊은 학생들이 프로젝터 앞에 모여 있었다. 보아하니, 한 친구가 자신의 자취방에 친구들을 초대했고, 벽면을 활용해 프로젝터를 연결해 대형 화면으로 ROL 경기를 지켜보는 것 같았다. 그중 한 친구가 등 떠밀리듯 배달 음식을 받으러 앞으로 나온 것이다.

"버텨! 탑 오고 있어!"

"궁 돌았어! Gaon, 지금 던지면 돼!"

이건은 순간 몸이 굳었다.

'Gaon? 던진다고?'

귀에 익숙한 단어들이었다. 그는 문이 열리기를 기다리며 본능적으로 안쪽을 들여다보았다. 그들의 시선은 화면에 꽂혀 있었다. 하이건의 눈도 자연스럽게 화면으로 향했다. 그리고 화면 좌상단에 적혀있는 글자.

「2025 K스파컵 결승전 5세트 - 무적 2 VS 스톤헨지 2」

캐스터: 지금 공작 지역에서 양 팀의 시야 싸움이 치열합니다! 무적, 공작을 때리기 시작합니다!

해설자 1: 스톤헨지, 이거 그냥 주면 안 되죠. 진입 각을 봐야 합니다.

해설자 2: 무적, 공작 체력 5천! 스톤헨지, 진입 준비합니다!

캐스터: 스톤헨지! 공작 스틸을 노리나요?

해설자 1: 타이밍 중요합니다. 진짜 마지막 싸움이 될 것 같은데요!

캐스터: 스톤헨지, 진입합니다! 한타 시작됐어요!

해설자 2: 승헌의 그림 같은 토스! 상대 미드 라이너가 공중으로 튕겨 올려졌습니다!

캐스터: Jei! 완벽한 진입으로 스톤헨지의 딜러들을 끊어냅니다!

해설자 1: 무적, 대박입니다! 스톤헨지의 포지션이 무너졌어요!

캐스터: 와, Victoriano 트리플킬, 무적! 완전 기세를 가져갔네요.

해설자 1: 와 쿼드라킬! 펜타 가나요?

해설자 2: 아아아아! 펜.타.킬.! Victoriano가 펜타킬로 마지막 선수를 마무리하며, 무적, 에이스! 공작까지 가져갑니다!

해설자 1: 이대로면 무적, 넥서스를 밀 수 있습니다!

캐스터: 단연 최고의 언더독 무적! 창단 이후 첫 K스파컵을 눈앞에 두고 있습니다!

해설자 1: 스톤헨지, 부활 시간이 부족합니다. 막기 어려워 보이네요.

캐스터: 넥서스 쌍둥이 타워 하나 무너집니다! 두 번째 타워도! 넥서스, 타격받고 있습니다!

해설자 2: 무적, 역사적인 순간입니다!

캐스터: 넥서스가 파괴됩니다~ GG!!

해설자 1: 정말 감동적인 순간입니다. 무적, 2025 K스파컵 챔피언에 등극했네요. 그들의 노력과 열정이 결실을 맺었습니다. 이게 무슨 영화지 게임입니까? 몇 달 전까지만 해도 많은 이들이 이름조차 모르던 선수들이 세계 최고 경기력의 팀을 이기고 우승하다니요!

해설자 2: 이게 바로 각본 없는 드라마, 신데렐라 스토리, 골든

로드의 대미 장식인 것 같습니다. 팬들의 응원에 보답하는 최고의 경기력이었습니다. 축하합니다. 무적! 이제 그들은 RCK 챌린저스리그로 갑니다!

"와아아아아!!!"

그 방 안에 있는 모든 학생은 방벽이 뚫어질 정도로 소리 지르고 서로 부둥켜안으며, 자신들이 이 경기를 라이브로 보는 것을 믿을 수 없다는 듯이 흥분하고 있었다. 이건은 그 자리에 가만히 서 있었다. 그는 태어나서 처음 느끼는 감정과 마주했다. 숨을 쉴 수 없었다. 그의 직전 30초는 정말 영화의 한 장면처럼 모든 주변 음성이 페이드 아웃 되어 있었다. 이건은 고개를 떨구었다. 그는 눈앞이 잘 보이지 않았다. 손바닥으로 눈을 비벼보니 그건 그의 눈물 한 움큼이었다. 이건의 마음은 복잡한 감정의 격량 속에서 요동쳤다. 무적의 우승 장면을 보며, 그는 감동과 자부심이 그의 가슴을 두드렸다.

항상 밥을 더 먹고 싶어 가운데 요리에 먼저 집착했던 제성, 아버지에게 당당하게 자랑하고 싶어 자신의 유니폼에 사인해서 택배로 보내던 찬기, 밤샘 작업으로 얼굴이 상했다며 팀 단체 사진에서 자기 사진만 포토샵 해달라고 난리 치던 지나까지⋯

그들과 함께했던 순간들이 떠올랐다. 자신이 자리를 비웠음에도 불구하고, 그들의 노력과 열성이 결실을 맺었다는 사실이 그를 자랑스럽게 했다. 아니, 정말 죽을 만큼 미안하고 고마웠다. 하지만 감동과 자부심 속에서도, 그는 마음에는 여전히 과거에 대한 미련과 함께할 수 없는 후회로 가득 찼다. 이스포츠에 대한 열정을 잃지 않았고, 그 세계에서 자신이 할 수 있었던 것을 떠올리며 아쉬움을 느꼈다. 그의 눈물은 그 모든 감정을 품고 마음속에서 터져 나왔다.

   그는 그렇게 문을 닫고 나왔다.

21화

네가 필요해

하이건은 배달 가방을 내려놓고, 자취방 문 앞에서 한참을 서 있었다. 방금 본 K스파컵 결승전의 마지막 장면이 그의 머릿속을 떠나지 않았다. 마지막 한타, 그리고 필승이의 펜타킬, 그리고 팀원들이 트로피를 들고 환호하는 모습. 모든 것이 마치 영화의 한 장면처럼 생생하게 떠올랐다. 그는 천천히 계단을 내려와 현관에 서서 천천히 숨을 내쉬었다. 손바닥으로 얼굴을 문질렀다. 그의 눈가가 촉촉해져 있었다. 뭐라 설명할 수 없었다.

기쁘지만 슬펐다. 이건은 눈을 감았다.

"우리가 가는 길이 골든로드야."

과거 자신이 단장으로서 팀에게 하던 말들이 주마등처럼 스쳐 지나갔다. 하지만 정작 자신은 그 길에 없다는 사실에 가슴이 먹먹해졌다. 집으로 돌아와 어떻게 시간이 지났는지 모르게 하루를 보냈다. 자리에 누웠지만 머릿속은 복잡한 생각들로 가득 차

잠을 이룰 수 없었다. 기억을 잊고 싶다는 회피로는 더 이상 버틸 수 없었다. 그는 침대에서 일어나 밖으로 나왔다. 11월 늦자락 차가운 밤공기 속에서 과거의 자신을 직면했다. 대리게임으로 연명했던 비겁한 시간들, 팀을 떠날 수밖에 없었던 무력감, 그리고 스스로를 가둬두었던 보이지 않는 벽까지.

'내 적은 나 자신이었네.'

오래전 독백이 다시금 그의 머리를 스쳐 지나갔다.

* * *

지난밤 하이건은 잠을 잘 이룰 수 없어 평소보다 일찍 가게 문을 열고 바닥 청소와 함께 주방 정리를 시작했다.

띵동! 배민 주문~

주방에선 바쁜 요리 소리가 들리지만 뭔가 고요한 느낌의 식당엔 말 없는 정적이 공존했다. 이건은 첫 번째 주문 음식을 포장해 길을 나섰다.

이건은 오랫동안 쉬었던 학교로 돌아가려고 준비 중이었다. 최근에 경영에 대한 관심이 부쩍 늘어, 본 전공이던 철학과를 마침과 동시에 경영학과 복수전공을 계획하고 있었다.

바쁜 점심시간 이후, 편의점 도시락으로 가볍게 늦은 점심을 먹은 그는 커피를 한잔 뽑아 편의점 앞 의자에 앉아 있었다.

드르르릉.

핸드폰이 울렸다. 어머니였다.

"이건아, 이거 저녁 배달이 왔는데, 양이 좀 많아서 네가 한 번에 좀 해줘라. 감자탕 7인분이야."

"헐, 누가 그렇게 많이 시켜요? 고맙네. 제가 할게요. 금방 갈게요!"

그는 식당으로 돌아와, 꼼꼼히 음식을 챙긴 후 배달 목적지를 확인했다. 그런데 그가 본 주소는 어딘가 익숙한 곳이었다.

'광덕대로 142? 이거 디올 PC방 바로 옆인데?'

가급적 무적과의 인연이 있는 곳 근처에 가지 않으려고 그곳 배달은 앱에서도 응답하지 않던 이건이었다. 그곳은 과거 그가 단장으로서 팀을 꾸리고 꿈을 키웠던 곳이었다. 하지만 이번 건은 부모님에게 들어온 오랜만의 큰 주문이라 무시할 수 없었다. 그는 헬멧을 눌러쓰고 애써 무심한 채 길을 나섰다. 중앙역 근처로 가 배달 주소지로 가까워질수록 마음이 조여왔다. 디올 PC방을 지나쳤다. 주변에서 무적 유니폼을 입고 다니는 팬들, 거리 곳곳에 걸린 현수막들이 보였다. 자신도 모르게 시선을 돌린 채 디올 PC방의 간판을 빠르게 지나쳤다. 하지만 마음 한구석이 무겁게 내려앉았다.

'아무래도 복학하면 이사를 가야겠어.'

배달 목적지인 한 신축맨션에 도착한 그는 엘리베이터의 제일 위층 버튼을 눌렀다. 배달 장소의 문 앞에는 뭔가 팬들이 놓고 간 듯한 선물로 보이는 박스와 종이백 들이 놓여있었다.

'아이돌 숙소 인건가…'

띵동..

벨을 누르고 잠시 기다리던 그의 눈앞에 문이 열리자 예상치 못한 얼굴이 나타났다.

"오랜만이네, 이건아."

* * *

하이건의 눈앞에는 디올 PC방 이황태 사장이 서 있었다. 그리고 그 뒤로 겨울과 지나가 그를 쳐다보고 있었다. 순간 하이건은 자신의 초라한 모습에 숨고 싶었다. 배달 유니폼과 헬멧을 쓴 채 서 있는 자신과 달리, 그들은 모두 깔끔한 옷차림으로 자신을 바라보고 있었다. 과거의 트라우마가 다시금 그의 마음을 붙잡았다.

"미안합니다."

그는 도망치듯 몸을 돌렸다. 하지만 이황태가 그의 팔을 붙잡았다.

"잠깐만, 이건아."

황태의 목소리는 단호했다.

"잠깐이면 돼."

이건은 마지못해 멈춰 섰다.

"우리가 너랑 만나기 전에 얼마나 고민했는지 알아? 너희 부모님 집 주소로 일부러 배달 주문까지 했어."

이건은 말없이 고개를 숙였다.

"잠시 얘기 좀 하자."

이건은 집 안으로 들어갔다. 그런데 갑자기 지나가 자신에게 달려와 덜컥 포옹을 해버렸다.

"단장님, 정말 이렇게 떠나고 어떻게 연락 한번 없어요? 얼마나 보고 싶었는지 알아요?"

바로 눈물을 흘리는 그녀의 뒤로 겨울이 다가와 자신도 몸을 묻으며 같이 얼싸안는다.

"형, 그동안 정말 보고 싶었어."

이건은 말이 쉽게 나오지 않았다. 아무 말 없이 자신의 팔을 벌려 그 둘을 안아주었다. 그의 시선에는 맞은편 서랍장이 눈에 들어왔다. 그 서랍장 중심에는 K스파컵 우승 트로피가 놓여 있었다.

* * *

테이블에 앉은 하이건과 모든 팀원들. 황태는 곧바로 본론으로 들어갔다.

"이건아, 네가 떠난 후에 정말 힘든 일 많았다."

그의 말에 겨울이 끼어들었다.

"맞아, 형, 아니 단장님 떠난 후 선수단 분위기가 완전히 무너졌었어. 우승은커녕 당장 1승조차 불가능할 뻔했지."

지나도 말을 보탰다.

"그래서 우리가 황태 사장님께 다시 도움을 요청했던 거예요. 임시로나마 단장 역할을 부탁하려고요. 우승하면 단장님을 꼭 다시 데려오자는 목표 하나로 모두 힘을 냈던 거예요."

"당시 8강 직전이어서 위기가 있었지만, 백연후 감독의 마지막 피드백 덕분에 선수들이 다시 정신 차리고 역전승했어."

"네가 봤는지 모르겠지만, 결국 우리가 스톤헨지를 꺾고 우승했어. 약속대로 백연후 감독님은 우승 보너스를 받고 바로 떠났지. 나 역시 내 역할은 여기까지라고 생각해."

그는 잠시 숨을 고르고 다시 말했다.

"하지만 이제 더 큰 도전을 앞두고 있어. RCK 챌린저스리그 리그 입성 준비를 위해선 네가 필요해."

이건은 아무 말도 하지 못했다. 황태는 그의 어깨를 잡으며 진심 어린 눈빛으로 말했다.

"무적은 네가 시작한 프로젝트야. 네가 떠날 때 그랬지, 결자해지라고. 맞아. 너의 잘못은 네가 책임졌고, 돌아와서 그 값을 받고 다시 팀을 재건하면 돼."

이건은 갑작스러운 요청에 말이 떨어지지 않았지만 속으로 기쁜 마음을 숨길 수는 없었다. 그는 고개를 떨구며 조용히 입을 열었다.

"솔직히 말하면… 나 자신이 너무 부끄러워요."

그의 목소리는 떨리고 있었다.

"팀원들에게도, 팬들에게도… 난 너무 큰 실망을 안겼어요."

이건은 테이블 위에 놓인 손을 바라보며 깊은 한숨을 내쉬었다. 방금 전 황태와 팀원들의 말을 들으며 그의 마음은 복잡한 감정들로 요동쳤다. 미안함, 두려움, 그리고 희미한 희망이 뒤섞여 있었다.

'정말 다시 해보고 싶다. 근데 내가 다시 돌아가도 괜찮을까?'

그는 속으로 되뇌며 한참 동안 침묵했다가 다시 입을 열었다.

"제가 돌아간다고 해서 모든 게 해결될까요? 팬들은 날 용서할까요? 아니, 내가 나 자신을 용서할 수 있을까요?"

그의 목소리는 점점 작아졌지만, 방 안에 있던 모두는 그의 말을 경청하고 있었다. 황태는 조용히 이건의 어깨에 손을 올렸다.

"이건아, 네가 떠났던 이유를 우리는 이해해. K스파컵 우승은 우리에게 첫 번째 고지였어. 그리고 우린 거기에 올라섰지. 그리고 지금의 무적은 새로운 고지로 향해 나아가야 해. 그 과정은 또 다른 리더가 다시 일궈나가야 하는 거야. 그래서 이 팀은 네가 필요해."

이건은 황태를 바라보았다. 그의 눈에는 간절함이 담겨 있었다. 하지만 이건은 여전히 확신할 수 없었다. 그는 고개를 숙인 채 조용히 중얼거렸다.

"전 아직도 모르겠요… 내가 어떻게 이 모든 걸 극복해야 할지. 저라고 RCK 리그 참여에 경험이 있는 것도 아닌데."

황태와 겨울, 지나는 그의 말을 듣고 실망한 모습이 역력했다.

"조금만 시간을 주세요. 저도 생각을 정리해야 할 것 같아요."

* * *

하이건은 서둘러 집으로 돌아갔다. 돌아온 그의 앞에 어머니와 아버지가 말없이 서 있었다.

"이건아, 미리 얘기하지 못해 미안하다. 네가 어떤 결정을 할지 모르겠지만, 우린 그 결정을 인정하고 또 존중할게."

그는 알고 있었다. 지나와 겨울이 지속적으로 부모님과 연락하고 있었다는 사실을. 어머니는 아직도 하루에 한 번 다른 배달부를 통해 음식을 무적팀에 제공하고 계셨다는 사실을.

"감사해요. 어머니, 아버지. 미안해하지 마세요. 방금 황태 사장님, 그리고 팀원들 다 만나고 왔어요. 그동안 당당하지 못한 어른, 그리고 덜 자란 아들로 머물러 있었던 것 같아요."

아버지는 아무 말 없이 그 후에 꽉 안아주었다. 하루를 마친 그는 샤워 후 덜 마른 머리를 수건으로 비비며 책상 앞에 앉았다. 그는 서랍에서 그의 노트를 다시 펼쳐보았다. 그가 적은 마지막 페이지에는 '무적 리부트'라는 계획서가 적혀 있었다. K스파컵 우승이 실패했을 때 다음 해를 위한 계획서의 초안이었다.

깊은 고민 끝에 이건은 더 이상 과거에 얽매이거나 현실에서 도피하지 않겠다는 확고한 결심을 했다. 그가 우승하는 장면을 보며 흘린 눈물은 단순한 후회와 아쉬움이 아닌, 진정한 자기 인정과 앞으로 나아가겠다는 결심이었다고 믿었다. 그는 무적 팀의 우승이 자신에게 '놓쳐버린 기회'가 아니라, '다시 주어질 수 있는 기회'의 증거임을 깨달았다. 자신이 시작하고 키워낸 팀이 성공하는 것을 보며, 여전히 이스포츠에 대한 열정이 살아있음을 확인했다. 그리고 그 안에서 자신이 할 수 있는 역할이 있음을 확신했다. '이스포츠는 누구에게나 사다리가 존재한다.'는 자신의 과거 인터뷰 내용을 되새기며, 이제는 자신이 그 사다리를 만드는 역할을 해야 한다고 굳게 다짐했다.

그날 밤 그는 잠들지 못하고 뒤척였다. 그 뒤척임은 이제 더 이상 다시 돌아가야 하는지에 대한 고민이 아니었다. 무엇을 먼저 해야 하는지에 대한 고민이었다. 그에게 앞으로의 시간은 단 1분도 낭비할 수 없는 마지막 기회라는 생각이 들었다.

* * *

며칠 후 하이건은 다시 디올 PC방 앞에 섰다. 오늘은 헬멧도 쓰지 않았다. 대신 깔끔한 니트 안에 흰색 셔츠를 입고 있다. 문 앞에서 잠시 머뭇거리던 그는 깊게 숨을 들이쉬고 벨을 눌렀다.

문이 열렸다.

안에서 기다리고 있던 겨울과 지나가 미소 지으며 그를 맞았다.

"돌아온 걸 환영해, 단장님."

22화

무적(無敵) 2.0

딸깍.

마우스 클릭 소리와 함께 유튜브 라이브가 시작됐다.

"안녕하세요, 하이건입니다. 많은 분께 실망을 안기고 팀을 떠난 이후 저는 새로운 시작을 알리기 위해 이 자리에 섰습니다."

무적의 공식 방송이 시작되었다. 하이건은 90도 인사와 함께 그의 성명을 발표했다. 방 안은 조용했고, 수많은 팬이 화면 너머에서 그의 입을 주목하고 있었다. 그의 양옆엔 지나와 겨울이 앉아 있었다.

"저는 과거에 대리게임이라는 부끄러운 행동을 했습니다. 그로 인해 많은 분께 실망을 안겼고, 이스포츠의 가치를 훼손했습니다. 저는 라이언 게임즈에 모든 정보를 자진 신고했고, 계정 정지 처리를 겸허히 받았습니다. 또한 대리게임으로 얻은 수익 중 연락이 닿는 분들에게는 환불 조치를 진행할 것입니다."

그의 목소리는 떨렸지만, 진심을 담아 준비한 글을 읽었다. 중간에 이건은 긴장을 했는지 말을 멈추기도 했다. 마치 카메라 뒤편에서 그에게 손가락질하고 비난하는 커뮤니티와 팬들의 야유가 있는 착각이 들었기 때문이었다.

떨리는 이건의 손을 지나가 가만히 잡아줬다. 고개를 돌려 지나를 잠시 쳐다본 이건은 고맙다는 표정과 함께 다시 카메라를 보고 말을 이어갔다.

"하지만 제가 가장 큰 잘못이라고 생각하는 것은 팀 리더로서의 책임을 다하지 못한 것입니다. 제가 떠난 이후에도 팀은 우승이라는 놀라운 성과를 이루어냈습니다. 백연후 감독님, 이황태 사장님, 그리고 모든 팀원에게 진심으로 감사드립니다. 무적은 저의 것이 아닙니다. 팬 여러분들의 크라우드 펀딩으로 시작했으며, 팬 없이 존재할 수도 없습니다. 저는 제 역할을 하기에 앞서 제 과거부터 청산해야 했으나, 그 부분을 간과한 것이 이런 결과를 만들게 된 것 같습니다."

그는 조금 더 힘을 실어 자신의 마음을 표현했다.

"팀에게 미안합니다. 여러분께 미안합니다. 하지만 책임을 지는 것이 떠나는 것만이 아니라는 것을 깨달았습니다. 팀을 조직하고 완성해 가며 계획했던 것으로 1차 목표는 달성했습니다. 바로 K스파컵 우승이죠. 그리고 이제 2차 목표인 RCK 챌린저스리그 입성을 위해 준비를 해야 합니다. 그 역할을 회피하지 않으려

합니다. 이것이 제가 팬들과 팀에게 지고 있는 죗값을 치르는 방법이라고 생각합니다. 앞으로 저는 무적을 청렴하고 단단한 조직으로 만들어가는 데 최선을 다하겠습니다."

그는 후반에는 마치 글을 외운 것처럼 카메라 렌즈만을 보며 발표를 마쳤다. 카메라 녹화 불이 꺼졌다. 잠시동안 그 누구도 말을 하지 않았다. 어색함보단 의연함이 넘치는 정적이었다.

* * *

복귀 선언 며칠 전.

에이플러스 게이밍 사무실은 깔끔하고 정돈된 분위기였다. 벽에는 RCK에서 활약하는 선수들의 사진들이 걸려 있었고, 각종 트로피와 상패들이 빛을 내고 있었다.

"오랜만이네, 하 단장님. 다시 돌아온다는 소식 들었어요. 축하해요."

안 본부장은 손을 내밀며 악수를 청했다. 하이건은 고개를 숙이며 그의 손을 잡았다.

"축하받기엔 아직 멀었습니다. 사실 그래서 이렇게 찾아왔습니다."

이건은 자리에 앉으며 깊은 한숨을 내쉬었다.

"솔직히 말하면, 어디서부터 시작해야 할지 모르겠어요."

구철은 그의 말을 조용히 듣고 있었다. 이건은 잠시 머뭇거리다가 말을 이어갔다.

"팀원들 앞에서는 복귀를 약속했어요. 그리고 제게 일주일만 달라고 했습니다. 그냥 맨몸으로 돌아가고 싶지 않았거든요. 뭐라도 도움을 주기 위해서는 다음 단계를 위한 계획이라도 가지고 가야 제가 마음이 조금은 편할 것 같아요. 이미 제가 과거에 저지른 실수들, 그리고 지금 팀을 이끌어야 한다는 책임감이 너무 무겁게 느껴져요. 모든 게 막막합니다."

구철은 고개를 끄덕이며 말했다.

"단장님이 겪고 있는 혼란, 충분히 이해해요. 앞으로 챌린저스리그에 들어오시게 되면 아마 많은 것들이 달라질 거예요. 이제 아마추어팀의 색은 완전히 벗고 프로팀이 되기 위한 준비가 되어야 해요. 그래서 중요한 건 우선순위를 정하는 거죠. 지금 가장 시급한 건 팀의 뼈대를 세우는 일입니다."

"뼈대요?"

이건이 되물었다.

"네, 본격적으로 선수단과 프론트 구성을 다시 해야 해요."

구철은 손가락으로 책상 위에 간단한 도표를 그리며 설명을 이어갔다.

"첫째, 기존 선수들을 유지할지, 새로운 멤버로 교체할지 결정해야 해요. 특히 지키고 싶은 선수들이 있다면 그들과 빠르게 재계약을 맺어야 합니다."

"둘째, 감독과 코치진도 확보해야 해요. 기존 감독에게 계속 맡겨야 할지 아니면 다른 감독을 시장에서 데려와야 할지 등이요. 지금 혹시 감독과 선수들은 모두 재계약이 확정됐나요?"

이건은 당황했다.

"아… 사실 백연후 감독은 K스파컵 우승 후 바로 떠났어요. 그리고 선수들은… 당연히 함께한다고 생각했어요. 우승까지 했는데 설마 그만두는 선수가 있을까요?"

"그런 순진한 생각은 금물입니다. 그런 생각부터 버려야 프로팀이 될 수 있는 거예요. 내일부터 당장 선수들부터 단도리치시고 재계약 협상에 들어가세요. 그리고 감독도 다시 데리고 오시는 게 좋지 않을까요? 꽤 실력 있으신 분 같던데…"

"네, 그래야겠죠. 그런데 그걸 어떻게 해야 할지 감도 안 잡힙니다."

구철은 미소를 지으며 말을 이었다.

"혼자서 모든 걸 해결하려고 하지 마세요. 주변에 도움을 줄 사람들이 있을 겁니다. 그들에게 조언을 구하고 함께 계획을 세우세요. 선수단 구성뿐만이 아니에요. 프론트 조직을 구체화해서 다시 체계를 잡으시고요. 사업계획을 다시 짜세요. 프로팀은 이제 사업체입니다. 수익을 내야 하고, 그 사업 모델이 남들에게도 이해가 돼야 투자금 확보가 가능할 거예요. 설마… 우승해서 돈

번다고 생각하는 건 아니죠?"

"네, 물론 그건 아닙니다. 저도 스폰서십에 대해 계속 생각해 왔어요. 선수단 월급이랑 운영비만도 이미 연 2억이 훌쩍 넘더라고요."

"월급과 운영비를 벌기 위해 사업을 해선 안 돼요. 그건 고정비라 생각하고, 지금 벌어들이는 돈이 고정비와 변동비를 넘어서 수익이 나야 합니다. 그러려면 사업 모델을 계속 고민하세요. 상금, 팬덤 사업, 의류 사업, 유튜브 구독 수익, 별풍선 수익, 스폰서십 등 모든 걸 세분화하시고 숫자로 적어봐야 합니다. 그래야 벌어들이는 수익과 쓰는 비용이 보이니까요."

"본부장님, 정말 감사합니다. 늘 제게 이렇게 베풀어 주신 조언과 은혜 잊지 않겠습니다!"

***

12월 23일 아침, 무적의 공식 이메일로 한 통의 메일이 도착했다.

「제목: RCK 프랜차이즈 협상 대상: 팀 무적(MUJUK)」
하이건은 메일을 열어 읽는 순간 숨이 멎는 듯한 기분이었다. 라이언 게임즈가 직접 보낸 초대장이었다. 챌린저스리그 리그 가

입을 위한 미팅 요청이었다.

    그는 바로 지나와 겨울을 호출했다. 세 사람은 식탁에 둘러앉아 메일 내용을 함께 읽었다.

답장	전체 답장	전달		삭제	스팸신고	안읽음

RCK 프랜차이즈 협상 대상: 팀 무적(MUJUK)

보낸 사람　RCK Challengers League
받는 사람　MUJUK

안녕하세요. RCK 운영 사무국입니다.

팀 무적은 RCK Challengers League 우선 협상 대상자로 선정되었습니다. 이에 저희는 팀 무적과 앞으로 2주의 협상 기간을 통해 1) 팀 참가 계약(이하 TPA, Team Participation Agreement), 그리고 2) 게임 단주 협약(이하 OA, Owner's Agreement)을 맺고자 합니다.

저희 RCK는 최선을 다하여 우선 협상팀과 상기 두 건의 문서(TPA, OA) 내용에 합의하고, 최종 날인이 진행될 수 있도록 노력할 것입니다. 하지만 우선 협상 기간 동안 양측의 입장 차가 좁혀지지 않아서 상호 합의 및 날인이 진행되지 않는 경우, 우선 협상팀의 우선 협상 권한은 자동 소멸되며 RCK는 차순위 예비 후보자와 협상을 진행할 것임을 인지해 주시기 바랍니다.

> 다음 단계 진행을 위해 팀 무적과 12월 27-30일 중 하루에 1차 미팅을 진행하기를 희망합니다. 아래의 예상 진행 절차를 참고 부탁드립니다.
>
> 1단계: [우선 협상팀] 1차 미팅 (우선 협상팀과 상견례 및 회사 내부 사정에 대한 파악)
> 2단계: [우선 협상팀] 요구 서류 제출
> 3단계: [우선 협상팀] 사업 계획 라이엇 대상 최종 발표
> 4단계: 심사 및 가입 승인 여부 발표
> 5단계: 승인 시 TPA, OA 계약 체결
>
> 그럼 차주 미팅 가능 시간을 내일 저녁 6시까지 회신 부탁드립니다.
> RCK 운영 사무국 드림.

"우리가 드디어 여기까지 왔어. 왜 이렇게 긴장되죠?"

지나가 말했다.

"형, 준비는 됐어요? 챌린저스리그 프랜차이즈 협상이라고 하니 변호사라도 있어야 할 것 같은 느낌이에요."

이건은 고개를 끄덕였다.

"솔직히 말하면 긴장돼. 하지만 우리가 여기까지 온 것도 기적 같은 일이었잖아? 이번에도 해낼 수 있을 거야."

며칠 뒤, 이건과 팀원들은 라이언 게임즈 본사를 방문하기 위해 서울로 향했다. 차 안에서 모두가 긴장한 기색을 감추지 못했

다. 지나가 조용히 중얼거렸다.

"라이언 게임즈라니… 와, 정말 이게 꿈이야 생시야."

본사 건물에 도착하자마자 그들은 압도적인 분위기에 숨이 막히는 듯했다. 유리로 된 거대한 로비는 햇빛을 받아 반짝였고, 벽에는 라운드오브레거시의 챔피언 캐릭터로 꾸며진 아트 작품들이 즐비했다. 또한 한쪽은 RCK 리그 경기장을 미니어처로 만든 전시물이 보였고, 그 주위로 트로피들이 전시되어 있었다. 트로피를 가까이서 보니 한 아름 정도는 되어 보이는 사이즈였고, 트로피에는 지금까지의 우승팀이 모두 각인되어 있었다.

"여기가 바로 세계 최고의 리그를 만드는 곳인가…"

이건은 속으로 감탄하며 로비를 둘러보았다. 로비 한쪽에서는 기다리던 그들에게 안내인으로 보이는 여성이 오더니, 그들을 회의실로 안내했다. 회의실로 걷는 동안에도 이건, 지나, 겨울은 복도에 전시된 스태츄들을 구경하느라 정신이 없었다. 미팅룸에 들어서자 라이언 게임즈의 담당자들이 그들을 맞았다. 깔끔한 정장을 입은 담당자는 친절한 미소를 지으며 말했다.

"안녕하세요. 무적팀 여러분, 챌린저스리그 리그 가입을 위한 미팅에 오신 것을 환영합니다."

회의는 곧바로 시작되었다. 담당자는 챌린저스리그 리그 가입 절차와 규정을 하나씩 설명한 후 한마디 덧붙였다.

"챌린저스리그 팀은 가입비는 없지만, 선수와 감독의 최저 연봉 2천만 원 보장은 필수입니다. 또한 모든 리그 규정을 철저히 준수해야 합니다."

이건은 메모를 하며 고개를 끄덕였지만, 그의 손끝은 미세하게 떨리고 있었다. 사실 미리 공부를 했다고 생각했는데도 그들이 뱉어내는 말들의 절반은 이해할 수 없었다. 그는 자신이 알아듣는 척하는 걸 들킬까봐 더 아무렇지 않은 척했다.

'와, 이게 세계 최고 리그의 수준이구나… 이걸 다 감당하려면 정말 단 한 순간도 긴장을 놓치면 안 되겠다.'

이런 생각을 하며 주위를 둘러보았고, 겨울과 지나는 이미 입이 벌어진 채로 이 모든 순간을 신기하게 쳐다볼 뿐이었다. 미팅 후, 라이언 게임즈 측은 그들에게 본사 투어의 기회를 주었다. 벽마다 걸린 RCK 우승팀들의 사진과 트로피들은 그 자체로 역사를 말해주고 있었다.

"여기가 바로 명예의 전당에 헌액된 셰이커 선수 인터뷰했던 곳이에요."

지나가 흥분된 목소리로 말했다. 이건은 로비 중앙에 전시된 RCK 상징 트로피 앞에서 잠시 멈춰 섰다. 그것은 단순한 트로피가 아니었다. 프로게이머라면 누구나 꿈꾸는 최고의 상징이었다.

"우리가 정말 이곳에 설 자격이 있을까?"

그는 속으로 되뇌었지만, 곧 고개를 들었다.

"아니, 우리가 이 자리에 설 자격을 만들어야 한다."

미팅을 마치고 돌아오는 길, 차 안은 조용했다. 모두가 각자의 생각에 잠겨 있었다. 지나가 조심스럽게 입을 열었다.

"단장님, 솔직히 어땠어요? 너무 부담스럽죠?"

이건은 잠시 침묵하다가 답했다.

"응… 솔직히 부담돼. 우리가 감당해야 할 게 너무 많아 보여."

겨울도 고개를 끄덕이며 말했다.

"맞아. 선수 연봉부터 감독진 구성까지… 돈도 돈인데 조직 자체를 완전히 새롭게 만들어야 할 것 같아."

"겨울아, 아까 우리 팀 사업계획 언제까지 제출하라고 했지?"

"음… 사업계획은 다음 주 목요일, 그리고 출전 로스터는 다다음 주 수요일까지라고 했어. 그리고 그다음 주는 로스터 촬영이 있다고 했고."

"감독님 자리는 어떻게 하지? 백연후 감독님은 떠나셨고, 시장에서 새로운 인재를 찾아야 해."

운전하던 이황태 사장이 말을 받았다.

"그래, 근데 얘기 들었냐? 류태헌 있잖아. K스파컵 끝나고 스톤헨지에서 재계약 실패해서 시장에 나왔다는 기사가 떴어. FA로 풀려서 여기저기 팀들을 접촉하고 있다고 하더군. 너 예전 동료기도 하고 꽤나 성실한 걸로 아는데, 그 친구 감독으로 어때?"

이건은 순간 숨을 들이켰다.

류태헌. 한때의 동료이자 경쟁팀의 감독, 자신의 팀에게 큰 수

치심을 선사하기도 했지만 결승전에서 명승부를 보여준 맞수였다. 그와 한배에 타면 어떤 그림일까에 대해 상상해 보았다.

"아, 그래요? 좋은 옵션이 될 수 있겠네. 한번 고민해 보겠습니다. 그나저나 백연후 감독은 도대체 어디로 사라진 거야."

"선수 재계약도 서둘러야 해요. 다른 팀에서 노릴 수도 있으니까."

지나가 덧붙였다.

* * *

'우선순위를 정하라.'
'팀의 뼈대를 세워라.'
'사업체로서의 팀을 만들어라.'

하이건의 머릿속은 안 본부장의 조언으로 가득 차 있었다. 이 모든 말이 맞는 말이었지만, 여전히 어디서부터 시작해야 할지 막막했다. 이건은 안구철 본부장과의 미팅 후 도서관으로 향했다. 도서관에 도착한 그는 구석 자리에 앉아 노트를 꺼냈다. 그는 챌린저스리그 리그 규정집과 사업계획 사례들을 파고들었다. 선수단 최저 연봉 보장, 프론트 인력 충원, 법률 자문, 회계 처리 등 아마추어팀을 운영할 때는 상상조차 못 했던 현실의 벽들이 겹겹이 다가왔다. 특히 선수단 구성과 재무 부분은 그의 머리를 아프게 했다. 그는 노트북 화면에 띄워진 '챌린저스리그 리그 가입 절차' 문서를 응시했다.

「사업계획 제출 다음 주 목요일, 출전 로스터는 다다음 주 수요일.」

촉박한 시간은 그의 숨통을 조여왔다. 아무리 밤을 새워 공부하고 자료를 모아도, 프로 리그가 요구하는 수준의 사업계획서를 단 며칠 만에 완성하는 것은 불가능에 가까웠다. '법률 자문, 회계 처리'라는 단어는 그에게 여전히 낯선 미지의 영역이었다. 도서관에서 밤새 관련 서적을 뒤적였지만, 복잡한 용어와 난해한 재무 분석은 머릿속에서 뒤죽박죽 엉킬 뿐이었다. 유명 로펌이나 회계법인에 문의 전화도 넣어봤지만, 무명의 신생팀 단장인 그에게 선뜻 무료 자문을 해줄 곳은 없었다. 매번 돌아오는 대답은 '유료 상담' 또는 '시간이 없다'는 것이었다. 전문 인력 없이 이 모든 것을 감당하기에는 그의 역량은 턱없이 부족했다. 그는 깊은 절망감에 노트북을 덮었다.

"이건… 혼자 할 수 있는 일이 아니야."

아무리 열정을 쏟아붓고 노력해도, 현실의 높은 벽 앞에서 무력해지는 기분이었다. '결국 나의 한계인가?'라는 쓰디쓴 자책감이 그의 심장을 파고들었다. K스파컵 우승으로 겨우 얻어낸 기회, '무적 2.0'이라는 계획이 눈앞에서 산산조각이 나는 듯했다. 과연 이 거대한 벽을 넘어설 수 있을까, 아니면 또다시 좌절의 쓴맛을 보게 될까. 그의 눈은 깊은 고뇌로 물들었다. 무의식적으로 주머니 속 노트를 더듬다가 낡은 가죽 노트의 표지가 손끝에 닿았다.

'미래를 전혀 예측할 수 없지만, 또 누구든지 도전하고 성공할 수 있는 분야.'

그는 인터뷰할 때 써먹으려고 적어놓은 자신의 글을 잠시 바라보았다. 팀이 만들어지고 없어지는 경우가 허다하다는 것. 그것은 역설적으로, 그 어떤 배경도 화려한 학벌도 없는 자신과 같은 사람에게도 끊임없이 새로운 기회를 부여하는 거대한 사다리였다. 지금 당장 눈앞의 벽은 너무나 높고 단단해 보였다. 법률, 회계, 거대한 자본의 논리. 하지만 이스포츠는 본질적으로 '게임'이라는 순수한 열정에서 시작되었고, 그 열정은 여전히 가장 강력한 무기였다.

이건은 노트북 화면에 띄워진 복잡한 사업계획서를 다시 한 번 응시했다. 여전히 난해한 숫자들이 빼곡했지만, 이제는 그것이 더 이상 절망의 벽으로만 보이지 않았다. 자신이 '히어로즈 2077'에 처음 뛰어들었을 때도, 'Dokdo'라는 닉네임을 달고 세상에 나섰을 때도, 그는 그저 게임을 좋아하는 어린아이였을 뿐이었다. 그때의 자신에게도 기회가 주어졌듯이, 지금의 무적 팀에게도, 그리고 자신에게도 여전히 이 거대한 이스포츠라는 '기회의 땅'은 열려 있었다.

23화

준비된 자에게만 펜타를

"무적의 성공 스토리가 많은 이들에게 감동을 주었지만, 일각에서는 단장님의 복귀에 대한 시선이 여전히 복합적이라는 이야기도 있습니다. 이에 대해선 어떻게 생각하시나요?"

애슐리 킴 기자의 질문에 하이건은 따뜻한 미소를 지었다. 그의 얼굴에는 과거의 날 선 모습 대신, 한층 깊어진 여유와 단단함이 깃들어 있었다.

"솔직히 말씀드리면, 모든 분이 저를 완벽하게 받아들이실 거라고는 생각하지 않습니다."

이건은 잠시 숨을 고르고 말을 이었다.

"과거의 제 잘못은 변명할 여지 없는 사실이고, 그로 인해 상처받으신 분들의 마음은 제가 평생 짊어지고 가야 할 짐입니다. 제가 지금 이 자리에 다시 설 수 있었던 건, 저를 믿어준 팀원들과 포기하지 않고 기회를 준 팬들 덕분입니다. 어쩌면 그분들께 저는 영원히 '속죄하는 단장'일지도 모릅니다. 하지만 이제 그 꼬리표를 두려워하지 않습니다. 오히려 그 꼬리표가 제가 나태해지지 않고, 이 길을 더욱 성실하게 걸어갈 수 있는 원동력이 될 것이라고 생각합니다."

"굉장히 진솔한 답변이네요. 그럼 앞으로 무적 팀의 최종 목표는 무엇인가요? K스파컵 우승을 넘어 RCK 챌린저스리그 입성 직전이고, 이제는 그다음을 바라보고 계실 텐데요."

이건의 눈빛이 흔들림 없이 정면을 응시했다.

"저희 무적은 RCK 챌린저스리그에 만족하지 않을 겁니다. 저희는 이스포츠가 가진 무한한 가능성을 믿습니다. 단기적인 목표는 RCK 1부 리그 진출입니다. 하지만 궁극적인 목표는, 저희 팀의 이름처럼 그 어떤 적수도 없는 '무적(無敵)'의 팀이 되는 것입니다. 단순히 경기에서 승리하는 것을 넘어, 팬들에게 꿈과 희망을 주고, 이스포츠 산업의 새로운 기준을 제시하는 팀이 되고 싶습니다."

"단장님, 마지막으로 두 가지만 더 여쭤볼게요."

애슐리 킴 기자의 목소리가 차분하게 이어졌다.

"무적 팀의 성공에는 백연후 감독의 역할이 컸다고 알려져 있습니다. 그런데 감독님께서는 K스파컵 우승 직후 팀을 떠나셨죠. 다시 재야로 돌아간 그분을 어떻게 설득해서 팀에 머물게 할 수 있었나요?"

이건은 희미하게 웃었다.

"백 감독님은 '우승'이라는 목표에 모든 것을 거는 분이십니다. K스파컵 우승은 분명 큰 성과였지만, 아마 이전에 경험했던 '기대와 실망'의 반복이 두려우셨던 것 같아요. 더 큰 무대로 가고 싶지만 또 실망할 것 같은 느낌 있잖아요. 저는 그분을 찾아가, 단순한 리그 승리를 넘어 '새로운 역사'를 함께 만들어가자고 제안했습니다. 무적이 나아가고자 하는 더 큰 비전, 즉 RCK 1부 리그 진출을 넘어 세계적인 브랜드가 되겠다는 꿈을 이야기했죠. 그 꿈의 중심에 감독님이 계셔야 한다고 설득했습니다. 다만, 백 감독님 아시죠? 그분 꿈이 돈과 명예 둘 다예요 하하. 그 목표에 근접하도록 계약을 제시했습니다."

"그렇군요. 그럼 또 하나, 팬들이 많이 궁금해하는 부분이 있습니다. 팀의 핵심 원거리 딜러였던 이필승 선수, 'Victoriano'가 돌연 타 팀으로 이적했습니다. 팬들의 아쉬움이 컸는데요, 이 이적 과정에 대해 단장님의 입장을 들려주실 수 있을까요?"

이건의 얼굴에 잠시 복잡한 감정이 스쳤다.

"필승이의 이적은… 팀으로서도 굉장히 아쉬운 결정이었습니다. 그는 무적의 K스파컵 우승에 결정적인 역할을 한 선수이고, 뛰어난 실력을 갖춘 선수임은 분명합니다. 하지만 프로 이스포츠의 세계는 때로는 냉혹한 자본주의 논리로 돌아갑니다. 선수에게 더 좋은 대우와 기회가 주어진다면, 그 선택을 존중해야 한다고 생각합니다."

그는 잠시 말을 멈췄다가 다시 입을 열었다.

"저 역시 과거에 이스포츠 산업의 어두운 면을 경험했고, 선수들이 이적하는 과정이 여전히 서투르고 투명하지 못한 부분이 있다는 것을 인지하고 있습니다. 이번 필승이의 이적을 통해 저희 팀도 많은 것을 배우고 깨달았습니다. 단순히 선수의 실력만을 보는 것이 아니라, 그들의 미래와 권리를 어떻게 보호하는가. 그리고 팀과 선수 모두에게 이로운 방향으로 계약을 이끌어 갈지에 대한 고민을 더욱 깊이 하게 되었습니다. 아직 저희는 배워가는 과정에 있고, 모든 것이 완벽할 수는 없습니다. 하지만 이번 경험을 통해 더욱 단단하고 합리적인 팀으로 성장할 것이라고 약속드립니다."

애슐리 킴 기자는 만족스러운 표정으로 고개를 끄덕였다.

"오늘 정말 흥미로운 이야기 많이 들려주셔서 감사합니다, 단장님. 이런 과거가 있었다는 게 믿기지 않을 정도로… 정말 대단하십니다."

이건은 겸허하게 고개를 숙였다.

"과거를 잊지 않고, 미래를 향해 나아가겠습니다."

그는 스튜디오를 나섰다. 복도 끝에서 새일이 분홍색 넥타이를 매고 기다리고 있었다. 그의 얼굴에는 알 수 없는 미소가 걸려 있었다.

"단장님, 이제 가시죠. 모두들 기다리고 있습니다."

이건은 고개를 끄덕였다. 그의 발걸음은 로비로 향했다. 로비에 들어서자 익숙한 유니폼과 실루엣들이 눈에 들어왔다. 지나와 겨울, 그리고 승헌을 비롯한 선수들이 모두 모여 그를 기다리고 있었다.

"단장님!"

지나가 소리치며 손을 흔들었다.

이건은 깊게 숨을 들이마셨다. 그는 안산시 로고를 가슴에 프린팅한 유니폼을 꺼내서는 갈아입고 그 위에 재킷을 입었다.

'연습한 대로만, 연습한 대로만.'

그는 스스로에게 주문을 걸며 발걸음을 옮겼다. 그들은 직원에게 안내되어 기자회견장으로 향했다. 복도 끝에서 익숙한 플래시 세례가 터지고 기자들의 웅성거리는 소리가 들려왔다. 이건의 심장은 벅차오르면서도, 자신이 걸어온 길의 무게를 새삼 느꼈다.

기자회견장 문이 활짝 열리고, 이건은 단상 위로 걸어 나갔다. 수많은 카메라 렌즈가 그에게 집중되었고, 기자들의 플래시가 쉴 새 없이 터졌다. 그의 눈빛은 흔들림 없었고, 얼굴에는 자신감과 비장함이 교차했다.

"안녕하십니까, 무적의 단장 하이건입니다."

그의 목소리가 단호하게 울려 퍼졌다. 장내는 순간 정적이 흘렀다. 모든 시선이 그에게로 향했다.

"저는 오늘 이 자리에서, 무적 팀의 새로운 도약을 발표하고자 합니다. 저희 무적은, 오늘부로 RCK 프랜차이즈 팀이었던 '라그나로스'를 완전히 인수했습니다."

장내는 순간 술렁였다. 기자들의 웅성거림이 커지고, 여기저기서 놀라움과 혼란이 섞인 탄성이 터져 나왔다. 예상치 못한 발표에 모두가 충격을 받은 듯했다.

"라그나로스 이시원 대표님을 무대로 모시겠습니다."

그의 소개와 함께 한 남성이 무대 위로 올라왔다.

"안녕하십니까. 라그나로스 대표 이시원입니다. 이번 발표에 대해 놀라시는 분들도 계실 수 있다고 생각합니다. 저희 라그나로스는 이번 인수에 대해 큰 감사와 기대감을 가지고 있으며, 하이건 단장님이 이끄는 무적 팀이 지금까지 보여준 행보를 이어 이스포츠 산업에 더 좋은 길을 열어주리라 믿습니다.

이건은 마이크를 잡은 손에 힘을 주며 말을 이었다.

"이것은 단순히 한 팀의 인수 발표가 아닙니다. 무적은 이제 RCK 챌린저스리그팀만이 아닌 1부 리그의 일원으로서, 대한민국 이스포츠의 새로운 역사를 써 내려갈 것입니다. 저희는 '무적'이라는 이름처럼, 어떤 역경에도 굴하지 않고, 팬 여러분의 뜨거운 성원에 보답하는 최고의 팀이 될 것을 약속드립니다."

그의 눈빛은 단호했고, 목소리에는 미래를 향한 확신이 가득했다. 기자들의 질문이 쏟아지기 시작했지만, 이건은 침착하게 그들을 바라보았다.

 기자회견이 절정에 달했을 때, 이건의 시선은 단상 한편에 놓인 가죽 노트를 향했다. 오래 전, 이황태 단장이 '돈을 아끼는 법'이라고 조언하며 써내려 갔던 그 현실적인 숫자들이, 이제는 그에게 든든한 기반이 되었다. 그리고 그 노트의 첫 페이지. 그가 '스톰브레이커즈 Ver. 2'라고 적으며 재기를 꿈꿨던 순간부터, '선수를 못한다면 단장'이라고 적었던 비장한 결심, 그리고 그 모든 기록들이 지금 이 순간을 위한 복선처럼 느껴졌다.

 하이건은 짧은 순간 노트를 응시한 후, 다시 정면의 카메라를 바라보았다. 그의 눈빛은 흔들림 없었고, 입가에는 만족스러운 미소가 걸려 있었다. 마치 오늘 이 순간을 예견이라도 한 것처럼.

끝.

에필로그

작가의 말_우리 모두의 한타

우리 삶에는 결정적인 순간이 있다. 팀 게임 경기에서 '한타(Teamfight)'가 그러하듯 말이다.

다 진 것만 같았던 경기에서, 모두가 숨죽인 그 한타를 승리하며 순식간에 펜타킬로 에이스를 띄우고 상대방의 GG를 받아내는 극적인 역전승. 경기를 보며 "이야, 인생 한 방이다!"라며 탄성을 질렀던 기억이 우리 모두에게 있을 것이다. 단 한 번의 승리가 패배 직전의 결과를 완전히 뒤엎는 그 순간의 짜릿함이야말로 이스포츠가 주는 가장 강력한 매력이다.

이스포츠, 두 번째 기회를 향한 분투의 기록

이 책은 단순히 게임에 대한 이야기가 아니라, 두 번째 기회를 향한 처절한 분투의 기록이다.

현실은 종종 태어난 조건과 배경에 따라 많은 것이 결정되는 불

공평한 세상이다. 하지만 이스포츠의 전장은 오직 실력과 열정만이 결과에 직접적으로 연결되는, 가장 공정한 기회의 땅이다. 과거 게임에 대한 편견이 존재하던 시대는 지났다. 이제 프로게이머는 미래 세대가 꿈꾸는 당당한 직업이며, 『Who? 스페셜 페이커』가 위인전처럼 읽히는 시대가 도래한 것이다.

하이건의 여정은, 요약하면 '생존'을 향한 처절한 몸부림이다. 과거의 영광에 취해 나락으로 떨어졌던 그가 대리기사로 연명하며 느꼈던 수치심과 두려움은, 결국 '두 번째 기회'를 만들겠다는 강한 의지로 전환된다. 2인자의 그늘에 살았던 류태헌이나, 승리에 대한 광기 어린 집착으로 상처를 입고 떠났던 백연후가 맞닥뜨린 새로운 삶의 방향도 모두 결국 또 다른 기회의 연장선이다.

한때 프로 선수였든, 성공을 갈망하는 감독이었든, 또는 새로운 꿈을 꾸는 단장이었든, 이들은 모두 "정상"이라는 영원불멸의 목표를 향해 나아간다. 그 과정에서의 좌절과 재도전은 이스포츠라는 세계를 살아가는 모든 이들의 초상이다. 이들의 고군분투가 바로, 이스포츠라는 역동적인 무대에서 '두 번째 기회'를 잡으려는 모든 이들의 이야기이다.

미완의 풋풋함이 만들어낸 기적

이스포츠는 이미 많은 이들의 삶에 깊숙이 녹아들어 있다. 게임을 사랑하고, 프로게이머를 꿈꾸며, 팀에 소속되어 우승을 향해 달리고 싶다는 순수한 열망이 모여 이스포츠라는 거대한 판타지를 만들어낸다.

이스포츠는 영원불멸의 고전 스포츠와 달리, 그 기반이 되는 게임의 수명에 따라 늘 없어질 불안감에 사로잡힌다. 그러나 바로 그 '불안정성'이야말로 이스포츠의 가장 강력한 매력이다. 이 산업은 늘 변화하고 새로운 영웅을 만들어내는 미완의 풋풋함이 있다. 고인 물이 되기에는 너무나도 변화가 빠르다. 그런 정형화되지 않은 모습이 이스포츠의 생동감 넘치는 매력이다.

하이건이 깨달았듯이, 이스포츠는 여전히 "누구에게나 사다리가 존재하는 기회의 땅"이다. 화려한 배경이나 자본이 아닌, 순수한 열정과 실력으로 정상에 도전할 수 있는 곳이다. 무적(無籍, 소속이 없는)의 선수들이 모여 무적(無敵, 적수가 없는)의 팀이 될 수 있었던 것처럼, 모든 역경과 실패는 결국 더 큰 성장을 위한 서사이다.

작은 PC방에서 시작된 열망이 RCK 리그 입성이라는 기적을 낳은 이 이야기는, 90년대 말 대한민국 PC방의 열기에서부터 시작되지 않았을까 싶다. 당시 최고의 게임이었던 스타크래프트의 슈퍼스타를 찾아보자고 만들었던 경쟁전 아이디어들이 오늘날 최고 수준의 스포츠 엔터테인먼트 산업을 탄생시켰다. 이 모든 여정은 지난 20여 년간 이스포츠의 역사를 써 내려온 수많은 이들의 헌신과 애정이 있었기에 가능했다. 특히 이 책은

LCK(League of Legends Champions Korea, 리그오브레전드 챔피언스 코리아)의 배경과 등장인물들을 오마주했다. 모두가 허구의 이야기임을 분명히 밝힌다. 세계 최고의 이스포츠 리그를 만들기 위해 투자한 라이엇게임즈와 그 주변의 수많은 산업관계자 및 동료, 팀과 선수들께 깊은 존경과 감사를 표하는 바이다.

이 책을 통해 그들의 두 번째 기회를 향한 열망이 독자들의 가슴에 가닿았기를 바란다. 우리 모두의 삶에도 결정적인 한 방, 승리의 펜타킬이 늘 함께할 것을 응원한다.

느낌이있는책(씨큐브)는 신인 작가의 원고를 기다리고 있습니다.
책을 써보고 싶지만 막막한 분, 아이디어를 구체화하고 싶은 분께
기획 상담부터 출판까지 함께할 수 있는 과정을 제공합니다.

프로젝트 펜타킬 어게인

초판 1쇄 인쇄일 | 2025년 11월 19일   초판 1쇄 발행일 | 2025년 11월 26일

지은이 | 이승용
펴낸이 | 강창용
책임편집 | 강동균
마케팅 | 성현서
디자인 | 유채연

펴낸곳 | 씨큐브
출판등록 | 1998년 5월 16일 제10-1588
주소 | 경기도 고양시 일산동구 고양대로 953-17, 한울빌딩 2층
전화 | (代) 031-932-7474
팩스 | 031-932-5962
이메일 | feelbooks@naver.com

ISBN 979-11-6195-256-7 (03810)

씨큐브는 느낌이있는책의 장르 분야 브랜드입니다.

• 책값은 뒤표지에 있습니다. • 잘못된 책은 구입처에서 교환해드립니다.